크리스마스 캐럴

크리스마스 캐럴

반인간선언
두번째 이야기

주원규 장편소설

네오
픽션

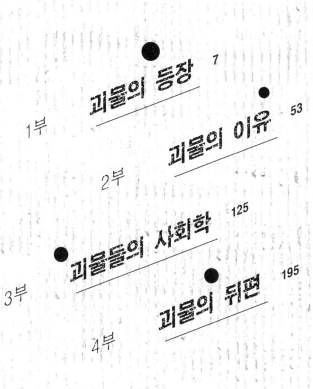

차례

1부

괴물의 등장

1

탁자가 뒤집어졌다. 커피잔이 엎어졌고, 의자가 쓰러졌다. 동시에 대학생으로 보이는 뿔테안경을 쓴 남자 한 명이 자리에 주저앉았다. 곧이어 젊은 여자들의 비명 소리가 이어졌다.

오후 4시. 마냥 평화롭기만 한 커피숍에서 예기치 않은 난동이 일어났다. 이 적잖은 소동에 관심을 가진 오지랖 넓은 청년 두 명이 난동의 현장, 흡연 구역으로 다가갔다. 하지만 그뿐이었다. 청년들은 탁자를 뒤엎고 유리를 파손하고 있는 주일우의 눈빛과 마주하는 순간, 그 자리에 그대로 멈춰 섰다. 찰나에 파고든 살인적인 두려움. 주일우의 눈빛엔 사람의 기운이 아닌 야생 동물의 살기만이 가득했고, 그 느낌이 두 청년을 막아 세웠다. 특히 주일우가 커피숍 의자를 집어 들어 흡연 구역 자동문 유리를 향해 내던질 땐 건장한 체격의 청년들조차 외마디 비명을 지르며 물러설 정도였다.

얼마 안 되어 아르바이트생 세 명과 지점장으로 보이는 줄무늬 와이셔츠 차림의 남자가 2층, 난동 현장으로 달려왔다. 지점장은 점원 셋의 등을 떠밀며 주일우를 제압하라 지시했고 자신은 물러서서 잽싸게 스마트폰을 이용해 공권력과의 접선을 시도했다.

우연일까, 아님 예고된 수순일까. 스마트폰을 꺼내 112에 신고하려던 지점장의 눈에 경찰 제복 차림의 남자 둘이 보였다. 경찰들은 순찰을 돌다가 종종 종로 한복판에 위치한 대형 외국계 프랜차이즈 커피숍에서 테이크아웃 커피를 마시곤 했다. 지점장은 경찰들의 분주하고 기민한 움직임에 희망을 품었다. 하지만 여전히 얼굴엔 불안의 기운이 한가득 채워져 있었다. 지점장의 절망은 이미 현장 상황이 적실히 말해주고 있었다. 주일우가 화폐가치로만 환산해도 천여 만 원에 육박할 정도의 기물 파손을 단행한 뒤였으니까. 지점장은 자신에게 가해질 상부의 질타에 대응할 변명거리를 찾느라 고민하는 기색이 역력했다.

이상한 건 주일우의 이후 행동이었다. 아니, 처음부터 주일우의 행동은 이해 가능한 수준이 아니었다.

흡연 구역 유리가 박살나는 순간이었다. 놀란 경찰이 자신도 모르게 가스총을 꺼내 들고 "그만두지 못해. 이 개새끼야!" 하고

버럭 소리쳤다. 그 즉시 지원 병력을 요청한 덕에 10여 분도 지나지 않아 관할 구역 경찰 여섯 명이 추가로 커피숍 2층에 투입되었다. 하지만 그 후에도 주일우는 난동 수위를 조절할 의사가 전혀 없었다. 오히려 경찰의 등장 이후 보인 행동은 상상을 초월했다. 경찰의 등장을 확인하자마자 주일우는 난동의 원인이라 볼 수 있는 주저앉은 남자의 멱살을 붙잡더니 마구잡이 구타를 시작했다. 그의 얼굴을 주먹으로 올려붙이고 일으켜 세워 정강이를 걷어찬 다음 힘찬 발짓으로 가슴에 뒤돌려차기를 적중시킨 순간, 모여든 사람들의 '우' 하는 탄성 소리가 낮게 깔렸다.

난동은 주일우 옆에 앉은 대학생과의 사소한 시비로부터 시작되었다. 고등학교 교복 차림의 주일우가 흡연 구역에 들어와 버젓이 담배를 피우는 모습을 그가 부드러운 어조로 꾸짖은 것이 화근이었다. 그는 또래에 비해 체구도 작아 보이고 유독 작은 얼굴에 마른 체형을 가진 주일우에게서 이런 식의 광기가 쏟아져 나올 줄은 상상조차 못 했다. 간단한 욕설 몇 마디 섞인 훈계를 들은 주일우가 작심이라도 한 듯 벌떡 자리에서 일어나 커피숍 기물을 파손하고 난동을 부릴 줄은 예상하지 못했던 것이다.

난동의 끝은 비교적 싱거웠다. 턱을 얻어맞고 자리에 쓰러진 대학생을 주일우가 입을 악다문 채 발로 짓밟을 때였다. 출동한 도합 일곱 명의 경찰이 가스총까지 겨누며 위협하는 이 상황에서 진압 상대는 고작 주일우 한 명이었다. 주일우가 흉기를 갖지 않았음을 확신한 경찰 한 명이 허리춤에서 곤봉을 빼 들고 구타를 계속하던 그의 어깨와 등을 내리치는 것으로 진압은 시작되었다. 그리고 채 2분도 되지 않아 주일우의 손에 수갑을 채우는 작업까지 일사천리로 진행되었다.

주일우는 수갑이 채워지기까지 별다른 저항을 하지 않았다. 바닥에 엎드린 대학생은 입을 막고 울기 시작했다. 손으로 가린 입 주위로 핏물이 흘러내렸다. 지점장은 주일우의 손에 수갑이 채워진 것을 확인하고는 그제야 호기 좋게 삿대질을 해대며 '어린놈의 새끼가 어디 할 일이 없어 지랄이야, 지랄이'라는 식의 비난을 쏟아냈다. 그리고 정황 조사를 위해 경찰서까지 동행할 것을 제시하는 경찰에게 최대한 협조하겠다는 말도 아끼지 않았다.

사태는 그렇게 마무리되었다. 모두 합쳐 20분도 지나지 않은 시간 동안 커피숍 2층은 폭탄을 맞은 것 같은 살풍경으로 돌변했다. 아르바이트 점원들이 투덜거리며 파손된 기물 정리를 시작했다.

2

―왜 우리가 몰랐던 거지?

최누리가 입이 탄 듯 마른침을 삼키며 혀로 입술을 적셨다. 최누리의 질문은 기술교육수업 후 숙소에 모인 소년원 원생들 모두를 겨냥한 듯 보였지만 녀석의 질문에 관심 갖는 건 최누리와 함께 단체로 엮여 들어온 속칭 일진들뿐이었다. 다른 원생들은 숙소를 정리하는 데 여념이 없었다. 잠시 후면 교정 교사에게 취침 점호를 받아야 하기 때문이다.

　—뭘 말이야, 새끼야.

　점호 준비에 한창인 다른 원생들과 달리 백영중과 문자훈은 담배를 피우고 있었다. 비록 창문을 열어놓고 일진 패거리 중 뒤치다꺼리를 맡고 있는 손환이 교정 교사의 등장을 사전보고하기 위해 문 앞에서 망을 본다고는 해도 일반 학교도 아닌 소년원 기숙사에서 담배를 피우는 문자훈의 그 뻔뻔스러움은 타의 추종을 불허했다.

　중학교 때 실제 농구선수로도 활동했던 신장 190센티미터에 100킬로그램이 넘는 백영중은 그 무게감만큼이나 무거운 침묵으로 최누리의 설레발과 그에 반응하는 문자훈의 대화를 묵묵히 지켜보았다. 문자훈이 초조함을 감추지 못하는 최누리를 성가시다는 눈빛으로 쏘아보며 퉁명스럽게 말했지만 최누리의 호들갑은 전혀 가라앉지 않았다. 녀석의 말은 계속되었다.

　—월우, 그 씹새끼가 쌍둥이란 사실 말이야.

　—게다가 그 병신 새끼 쌍둥이 형이 주일우란 걸 왜 몰랐냐고?

　—자훈이, 넌 알고 있었어?

　—내가 그 허섭스레기 같은 새끼들 호구조사까지 해야 되냐. 그게 뭐가 중요해.

─중요하지 않음? 일우가 여기로 온다고 하잖아.

─그래서. 뭘 어쩌라고?

문자훈의 언성이 높아졌다. 그 순간 스무 명 가까이 되는 원생들의 시선이 일제히 최누리에게 목소리를 높인 문자훈에게 쏠렸다. 문 앞에 서서 망을 보는 손환 역시 마찬가지였다. 이 시점에서 정리가 필요하다고 생각해서일까. 바닥에 담배 불씨를 비벼 끈 백영중이 문자훈을 바라보는 원생들을 향해 낮은 목소리로 경고했다.

─개새끼들아, 눈깔 확 뽑아버릴까? 눈 안 깔아?

백영중의 경고에 원생들은 다시 하던 일을 계속했다. 노심초사하는 표정의 최누리에게 백영중이 한층 더 가라앉은 목소리로 말했다.

─주일우는 네가 맡아.

최누리가 놀란 표정으로 백영중의 말에 대꾸했다.

─가뜩이나 후달리는데 나 혼자 맡으라고?

백영중의 말에 문자훈이 대신 답했다.

─그 새끼, 아무리 맞다이로 쪼개도 그래 봐야 독립군이야. 씨발, 우린 일진이야. 그딴 독고다이한테 쫄아붙는 게 말이 돼?

─그래도 여긴 소년원이잖아.

최누리의 말을 들은 문자훈 역시 꽁초를 바닥에 비벼 끄며 창밖으로 가래침을 뱉었다.

─소년원이니까 더 안심이지.

─그게 무슨 말이야?

―우리한텐 미친개가 있잖아.

'미친개'란 말을 던진 문자훈이 억지웃음을 지으며 백영중을 바라봤다. 백영중은 별다른 반응을 보이지 않았다.

―밤낮 가리지 않는 미친개는 말 그대로 미쳐 날뛸 게 분명해. 미친개가 주일우 같은 사이코가 제멋대로 날뛰는 걸 봐줄 것 같아?

문자훈의 말에 백영중이 신중한 말투로 끼어들었다.

―미친개는 주일우 편도 아니지만 우리 편도 아니야.

백영중의 말에 최누리도 거들었다.

―그건 영중이 말이 맞아. 미친개는 그냥 미친개일 뿐이야.

―돌대가리 같은 새끼들. 그러니까 머리를 써서 미친개가 우리 편이 될 수 있도록 상황을 만들어야 될 거 아냐.

문자훈의 속사포 같은 말이 끝나자 숙소 안엔 다시금 정적이 감돌았다. 순간 복도 끝에서 누군가의 구둣발 소리가 들렸다. 문자훈 일행이 씹어대고 있는 교정 교사 미친개의 점호 시작을 알리는 발걸음이었다. 발소리를 들은 문자훈이 한층 가라앉은 어조로 말했다.

―미친개는 미친개일 뿐이야. 미친개 요리할 방법은 내가 잘 알아. 너희들은 쫄지 말고 그 사이코 새끼 묵사발 낼 생각이나 해. 병신 새끼 골로 보내듯이. 알아들어?

최누리와 백영중 모두 문자훈의 협박에 가까운 질문에 고개를 끄덕였다. 그때 문자훈은 취침 점호 준비를 위해 자신의 앞에 앉은 손환의 머리통을 발로 내리쳤다. 문자훈의 발차기에 머리를 강타당한 손환이 외마디 비명을 지르며 쓰러져 숙소 구석 사물함에 크게 소리 내며 부딪혔다. 덕분에 사물함 위에 올려놓은 책, 공책, 필기구 따위가 바닥에 떨어졌다. 급히 자리에서 일어선 손환은 자신을 구타한 문자훈에 대한 대꾸나 반응 일체를 생략하고 바닥에 떨어진 비품을 서둘러 수습했다. 문자훈이 손환의 허둥지둥하는 모습을 경멸스럽게 쳐다보며 말했다.

—야, 손환.

—…….

—대답해!

—듣고 있어. 말해.

—이 새끼 봐라. 이 스파이 새끼. 동네 친구 온다니깐 눈에 뵈는 게 없어!

—그런 거 아니야.

바닥에 떨어진 비품들을 제자리에 올려놓은 손환이 다시 문자훈의 뒷자리로 돌아와 앉았다. 미친개의 등장을 알리는 발소리가 더욱 선명해졌다. 문자훈은 손환의 머리를 가볍게 쓰다듬다가 녀석의 목을 힘껏 휘감았다. 갑작스러운 도발에 숨이 막혀 괴로워하는 손환의 귀에 문자훈이 속삭이듯 말했다.

—새끼야, 넌 누가 뭐래도 우리 패밀리야. 그걸 잊지 마. 알았어?

손환의 얼굴이 붉어지다 못해 새파랗게 변하기 시작했다. 숨이 막혀 제대로 답하지 못하는 손환에게 문자훈이 거듭 말했다.

—알아들었으면 고개라도 끄덕여야지.

손환이 힘겹게 고개를 끄덕인 순간이었다. 만족스런 표정을 지은 문자훈이 팔목에서 힘을 풀었다. 문자훈으로부터 벗어난 손환이 밭은기침을 내뱉었다. 그때 숙소 문 앞으로 유난한 광택을 발하는 구두 굽이 나타났다. 구두 굽에 이어 구두와는 어울리지 않는 트레이닝 바지 차림의 미친개가 보였다. 정확히 말해 소년원 원생들 사이에서 미친개란 별명으로 통하는 교정 교사 한희상의 등장이었다. 한희상은 더없이 권태롭고 성가신 표정으로 문 앞에 섰다. 그러곤 자신이 등장했음에도 자세를 바르게 잡지 않고 쿨럭거리기만 하는 손환을 손가락으로 불러 일으켰다. 그 순간 겁에 질린 건 손환만이 아니라 점호 준비를 하는 원생들 모두였다. 한희상은 손환의 이름조차 부르기 귀찮다는 듯 손가락질을 두어 번 더 반복하며 짧고 담백하게 명령했다.

— 빨리 튀어나와. 임대 아파트.

한희상이 지어준 손환의 별명인 임대 아파트. 그 말을 듣는 순간 손환을 비롯한 아이들 모두 누가 먼저랄 것도 없이 일주일 전 미친개 한희상이 보여준 끔찍한 체벌의 한순간을 기억했다. 그 떠올림은 조건반사적 반응에 가까웠다.

3

일주일 전 기술교육 시간. 교정 교사로서 원생들의 취침 점호를 도맡아 관리하는 사감 선생 역할까지 병행을 자처한 열혈 선생 한희상이 어째서 미친개로 불리는지 원생들로 하여금 처절히 실감하게 해준 사건이 벌어졌다.

사건의 발단은 사소했다. 공업고등학교 전기과에서 시행하는 실습 시간에 준하는 기술교육 시간에 원생 중 한 명이 각자에게 배정된 납과 전기인두 사용 수칙을 제대로 준수하지 않고 그것을 도구 삼아 장난을 친 게 화근이었다. 예열한 전기인두를 장난으로 옆에 앉은 원생의 손등에 갖다 대자 당한 원생이 정도 이상의 비명을 지르며 호들갑을 떨었다. 문제는 그 장난이 벌어진 게 쉬는 시간이 아니라는 점과 무엇보다 한희상의 수업 시간이었다는 사실이다.

일방적으로 당하기만 한 원생은 억울할지 모르겠지만 해서는 안 되는 장난을 벌인 당사자 두 명을 교실 앞으로 불러 세운 한희상은 이후 별다른 훈계의 말을 하지 않았다. 그는 말 대신 행동으로 자신의 잔인함을 보여주기로 작심이라도 한 듯 행동했다. 그 행동의 잔인함이 수업에 참여한 50여 명 가까이 되는 원생들 모두를 경악하게 했다.

한희상은 우선 교실 문을 잠갔다. 원생들에게 손짓해 밖에서 교실을 보지 못하도록 검은색 블라인드도 내리게 했다. 내친김에 교실 정면과 후면에 위치한 CCTV의 방향까지 돌려놓았다. 자신만의 훈육 방식인 엽기적인 체벌이 진행되는 동안엔 카메라렌즈가 잠시 천장이나 바닥을 향하도록 조정한 것이다. 만반의 준비를 끝낸 한희상은 불러 세운 원생 둘을 향해 평소 소지하던 쇠파이프를 손에 쥐고 소위 '작업'을 시작했다.

룰도 없다. 체벌에 대한 최소한의 기준도 없었다. 한희상은 손에 쥔 쇠파이프로 머리, 어깨, 허리, 허벅지, 종아리, 팔, 손목, 가슴 가리지 않고 쉼 없이 비명을 질러대는 원생 둘의 몸을 구석구석 야무지게 두들겨 팼다. 교실 안 원생들은 얻어맞는 친구가 몇 대나 맞고 끝날지 세어보려 했지만 이내 그 시도를 포기하고 말았다. 한희상의 작업엔 끝이 없었기 때문이다.

효과는 분명했다. 덕분에 원의 질서는 확고히 자리 잡았다. 한희상의 소위 체벌 의식이 있은 후 원생들은 더 이상 미친개 한희상이 존재하는 이곳 소년원에서 서툰 저항이나 불순한 행동을 보이는 것 자체를 엄두내지 못했다. 그로 인해 소년원 전체는 순식간에 일사불란한 질서의 체계 속으로 편입되었다. 하지만 희생은 남달랐다. 본보기라 할 수 있는 두 명의 원생 모두 그날 이후 소년원에서 모습을 볼 수 없었다. 한 명은 계속되던 한희상의 구타에 머리가 깨져 한 달 정도 입원 치료를 받은 후 다른 지역 소년원으로 이감되었고, 또 다른 한 명 역시 오른쪽 다리가 부러지는 골절 진단을 받은 후 두 달 정도의 입원 치료 동안 보호 기간이 해지되어 집으로 복귀했다. 둘 모두 한희상의 구타 행위에 대해선 철저히 함구했다. 극도의 공포심에 사로잡힌 이유도 이유였지만 사건에 대한 고백이 자신들에게 어떤 결과를 가져올지에 대해 잘 알고 있었기에 둘은 침묵했다. 크게는 반사회적으로, 적어도 학교와 사회로부터 고운 시선을 받을 수 없는 이유로 소년원에 들어온 자신들이 선생에게 그야말로 죽을 만큼 얻어맞았다는 사실을 말한다고 해서 그 소리를 귀담아 들어줄 사람은 많지 않음을 그들은 잘 알고 있었다. 그 사실을 누구보다 잘 알고 있는 두 명은 이대로 미친개로부터 멀어지는 것을 차라리 행운으로 생각했다.

한희상은 둘의 병원행을 '수업 태만으로 인해 벌어진 사고'란 명목으로 사고 처리했다. 질서는 그렇게 한희상의 주도권 아래 장악되는 것만 같았고 실제로도 그랬다. 명목과 명분의 질서는 청소년의 바른 선도와 계도를 담당하는 소년원 법과 별정직 공무원들의 행정이었지만 원생들을 지휘하는 체제는 명목과 명분 너머에 있는 한희상의 폭력이었다. 끝을 모르는 잔학무도한 무개념의 폭력.

4

─주일우.

─…….

─나이 18세. 성곡고등학교 중퇴. 현재 무직.

─…….

─성곡동에 있는 임대 아파트에서 할머니와 함께 생활했음. 맞지?

─…….

─죄목은 기물 파손. 일반인 폭행.

―…….

　―넌 보호관찰 3호로 별다른 변동 사항이 생기지 않는 한 6개월간 이곳에서 함께 생활하게 될 거야.

　조순우가 주일우의 죄명을 열거했다. 주일우는 조순우와 눈을 마주치지 않았다. 고개를 숙인 채 빨리 자신이 배정받게 될 숙소로 돌아가기만을 기다렸다.

　조순우의 역할은 여기까지가 전부였다. 보호관찰 3호에 처해진 주일우에게 일반계 고등학교에 해당하는 수업을 배정할지, 아님 실업계 고등학교에서 시행되는 기술교육수업으로 배정할지를 결정하고 주일우가 6개월 동안 사용하게 될 숙소를 배정하는 일이 고작이었다. 그 이상의 일은 실제적으로 원생들의 취침, 기상, 방과 후 생활을 지도, 감독하는 한희상의 몫이었다. '질서잡기'란 명목으로 자행되는 한희상의 막대한 영향력에 비해 조순우에게 주어진 소년원 내의 상담 교사로서의 역할은 극히 식물적이었다. 식물적이라 함은 원생들에게 어떤 실제적 도움도 제공해줄 수 없음에 대한 다른 표현이기도 했다.

　원생들과 상담한다고 해서 그들에게 피부로 체감되는 도움을 줄 수 있는 건 거의 없었다. 조순우의 상담은 지극히 원론적인 이야기, 말 그대로 교과서적 내용에 국한된 것이기 때문이다. 가족과 부모님을 생각해서라도 정신 차리고 다신 소년원 같은 곳에 들어와선 안 된다, 이곳을 나가면 충분히 반성하고 뉘우쳐 착실하고 공부 잘하는 학생이 되어야 한다. 이런 이야기나 늘어놓는 게 상담 교사 역할의 전부가 되어버린 현실에 조순우는 말할 수 없는 무력감을 느꼈다. 그 무력감은 고개 숙인 주일우를 보자 한층 더 깊어졌다. 자신의 역할에 대한 명백한 한계가 실감되었기 때문이다.

그런데 이번 면담은 달랐다. 요식행위에 가까운 소년원 내 공동생활과 향후 마음가짐 따위를 물어올 것으로 생각했던 주일우에게 조순우는 논점에서 빗나간, 하지만 주일우로 하여금 고개를 들지 않을 수 없게 만드는 민감한 내용의 말을 건넸다. 실제로 조순우의 말이 시작되자 주일우의 표정은 급격히 일그러졌다.

―주일우, 고개 들어.

―…….

―할 말이 있어.

―무슨 말요?

―주월우에 대한 이야기야.

고개를 들어보라는 조순우의 지시에 주일우는 고개를 들지 않았다. 하지만 주월우에 대해 할 이야기가 있다는 말을 듣는 순간 녀석은 고개를 들었다. 고개를 든 것뿐만 아니라 주일우의 눈엔 작은 핏발까지 서리기 시작했다.

―선생님이 그걸 어떻게 알죠?

질문을 던짐과 함께 주일우는 조순우를 다시 한번 뚫어지게 쳐다보았다. 평범한 인상을 지닌 삼십대 후반의 남성으로만 비칠 뿐이었다. 지나치게 유별나지도, 그렇다고 대단히 초라해 보이는 것도 아닌 그저 그런 평범함. 하지만 다시금 눈에 들어온 조순우는 주일우에게 평범함이 아닌 낯익음으로 파고들었다.

주일우는 몇 달 전 그 일을 떠올렸다. 떠올리고 싶지 않지만 결코 잊을 수 없는 기억. 어쩌면 주일우를 이곳까지 오게 만들었던 그 단 하나의 충격. 충격의 뒤편에서 주일우는 조순우를 보았다. 장례식장 한구석에서 몸을 벽에 기대고 오열하던 한 남자의 모습. 그가 바로 조순우였다. 이른 시간, 주월우의 죽음 앞에서 누구도, 심지어 부모조차 찾지 않는 쓸쓸한 장례식장을 지키던 한 남자의 모습을 주일우는 잊지 못하고 있었다. 조순우가 자신을 내내 굳은 낯빛으로 지켜보는 주일우의 시선을 피하며 말했다.

—네가 알고 있는 것 정도는 알고 있어.

—어느 정도까지요?

—네 동생 주월우가 죽었다는 거.

—단지 그것만인가요?

—아니.

—…….

—주월우가 죽은 게 사고사가 아니라는 것.

—…….

—동생이 살해당했다고 믿는다는 것.

—…….

—아닌가?

살해란 단어가 조순우의 입에서 나오자 일순 주일우의 검은 눈동자가 심하게 흔들렸다. 다시금 미칠 것 같은 분노에 사로잡혀 커피숍에서 난동을 부릴 때의 눈빛이 재연되었다. 조순우는 주일우의 분노로 가득한 눈빛과 정면으로 마주하는 것을 피했다. 대신 주일우의 죄목이 적힌 파일을 내려다봤다. 파일 속 서류를 뒤적이며 말했다. 조순우의 이어지는 말들은 주일우의 마음속에 더 깊은 파문을 일으켰다.

—억울할 거야. 할머니까지 손자의 죽음을 사고사로 처리하자는 동사무소 사회복지과 직원의 말에 동의했으니 억울하겠지.

—선생님, 누구예요?

—내가 누구냐고?

—지난번 장례식장에서도 본 적 있어요. 누구예요?

주일우의 질문에 조순우는 비교적 순순히 답했다. 망설이지도 않았다. 답을 할 때 조순우의 시선이 주일우와 마주쳤다. 조순우의 눈빛엔 뜻 모를 죄책감, 주일우에 대한 미안한 마음이 담겨 있었다.

—성곡동 사회복지센터에서 자원봉사 하고 있어. 넌 모르겠지만 너희 할머니와 월우도 몇 번 본 적 있지. 너희들이 살고 있는 임대 아파트에서.

주일우는 조순우의 눈빛엔 자신이 주월우를 지켜주지 못했다는 자원봉사자가 품을 수 있는 전형적인 안타까움, 연민이 담겨 있다고 판단했다. 그런 생각으로부터 비롯된 정서는 일순 녀석의 가슴에 역겨운 기분으로 파고들었다. 조순우의 태도가 가진 자들, 많이 배운 자들의 책임의식이라는 생각이 들었기 때문이다. 그건 분명 왜곡된 받아들임이겠지만 지금의 주일우에겐 어쩔 수 없었다. 바로 이어지는 조순우의 말들이 주일우의 평소 신념을 더욱 견고히 해주었다. 배운 것들, 가진 자들은 어쩔 수 없다는 것.

—주일우, 이러지 마.

—무슨 소리예요?

—내가 왜 이런 말 하는지 네가 더 잘 알 거 아니야?

—뭘 말이에요?

—네가 이곳에 들어온 목적 말이야.

—…….

—문자훈, 백영중, 최누리…… 그 아이들을 심판하기 위해 들어온 거잖아.

—…….

—아니야?

직접적으로 내뱉은 조순우의 물음에 주일우의 입술이 떨렸다. 문자훈 등등의 이름이 녀석의 귓전에 파고들자 주일우는 자신도 모르게 치가 떨리고 온몸에 소름이 돋는 극심한 분노에 사로잡혔다. 조순우는 주일우를 안타깝게 바라보며 말했다. 딴에는 주일우를 설득하기 위해 일반의 논리와 상식에 호소했지만 지금의 녀석에게 조순우의 이른바 상식은 더없이 무력한 도덕 교과서 속 몇 문장에 지나지 않았다.

—네 선택, 대단히 어리석은 짓이야. 그 아이들이 범인인지 정확하지도 않고, 무엇보다 대한민국 검경찰은 어린 네가 생각하는 것처럼 그렇게 형편없지 않아. 한 아이의 죽음을 섣불리 취

급할 만큼 무심하지도 않고.

— 그만하세요, 선생님.

— 주일우.

— 그딴 이야기나 계속할 거면 일어나겠어요.

말을 끝낸 주일우가 다시 고개를 숙였다. 조순우가 시간을 확인했다. 상담과 반 배정을 위해 자신에게 주어진 시간은 이미 지나고 말았다. 파일을 덮은 조순우가 먼저 자리에서 일어섰다.

5

차가운 느낌의 형광등 불빛이 복도 전체를 뱀처럼 휘감았다. 길고 좁게 뻗어 있는 복도의 벽면은 잡티 하나 찾아볼 수 없을 만큼 백색으로 무장되어 있어 마치 시한부 선고를 기다리는 중증 환자들의 병동 같은 느낌이었다. 모든 것이 창백함 속에 갇힌 것 같은 질식감. 이 숨 막히는 정서와 마주한 순간 주일우가 길게 숨을 내쉬었다. 그러곤 다시 한번 마음속 자신만의 결심을 확고히 했다.

'그래, 이곳이 마지막이야. 이 창백한 벽, 아무리 두들겨도 열리지도, 듣지도, 말하지도 않는 푸른 벽 속에서 모든 걸 끝장내자. 더 이상 아무것도 생각하지 않을 테다. 그냥, 그냥 이대로 끝내는 거야. 이대로.'

복도 끝에서 주일우와 한희상이 마주했다. 한희상과 눈이 마주친 순간이었다. 주일우는 백태가 잔뜩 낀 한희상의 눈동자를 악어 보듯 감정 없이 바라보았다. 한희상은 자신과의 눈싸움에서 한사코 밀리지 않는 주일우를 보며 억지로 여유로운 미소를 내보였다. 한희상의 비상식적 기질을 익히 잘 알고 있는 조순우가 서둘러 둘의 긴장관계를 끊으려는 듯 일부러 말을 건넸다.

　ㅡ보호관찰 3호 처분받은 주일우입니다. 기술교육반에 배정하려고요.

　ㅡ잘 알고 있습니다. 종로 스타벅스에서 생난리를 피웠다는 녀석이 바로 이놈이군요. 흉악무도한 테러분자처럼 말이죠.

　한희상은 말보다 행동이 앞서는 인종이었다. 그는 옆에 선 조순우의 존재 여부 따윈 의식조차 않은 채 자신과 감히 정면에서 눈 마주침을 계속하는 대담한 주일우의 태도를 문제 삼았다. 한희상은 자신의 권위에 도전하는 듯한 주일우의 못마땅함을 애써 말로 다그치지 않았다. 자신을 노려보듯 쳐다보는 주일우에게 자신이 운영하는 도살장에 새로 들어온 가축 대하듯 턱을 움켜쥐는 것으로 경고했다.

　억센 한희상의 손아귀 힘이 주일우의 얼굴 하관을 바이스 조이듯 조여오자 주일우의 낯빛이 이내 창백해졌다. 하지만 주일우는 물러서지 않았다. 한희상과 눈싸움을 지속했다. 상황이 이쯤 되자 도리어 긴장한 건 한희상이었다. 주일우의 턱을 움켜쥔 그의 손이 조금씩 흔들리기 시작했다. 한희상은 여전히 얼굴 전체에 오만한 미소를 머금은 채로 말문을 열었다.

—하, 이 새끼 봐라.

—그만하시죠. 수업 시작한 지 10분도 더 됐습니다.

조순우의 말이 먹힌 걸까. 아님 한희상 자신이 먼저 물러선 걸까. 푸른 벽에 몰아세워놓고 금방이라도 침을 뱉을 것 같은 기세로 코앞까지 얼굴을 들이민 자신에게서 단 1초도 눈을 떼지 않고 노려보는 주일우를 보다 못한 한희상이 끝내 녀석을 놓아주고 말았다. 주일우는 한희상의 손아귀에서 벗어난 후에야 그로부터 시선을 돌렸다. 조순우는 서둘러 주일우의 팔을 붙잡고 녀석을 복도 끝에 위치한 기술교육반으로 데리고 들어갔다.

6

금방이라도 찢어질 것 같은 팽팽한 긴장감은 기술교육반 교실에 들어온 후에도 계속되었다. 조순우는 살의가 감돌 만큼 팽팽한 긴장감을 실감하는 이들이 같은 공간에서 숨을 쉰다는 것 자체만으로도 끔찍한 일이라고 생각했다.

보호관찰 3호 주일우의 소년원 입소는 단체가 아닌 개별 입소 처리되었다. 때문에 일반 학교에서 전학생을 받아들이듯 수업시간에 모여든 기술부 원생들에게 주일우를 소개해야 했다. 하지만 조순우의 소개는 당사자인 주일우, 기술부에 소속된 문자훈, 백영중, 최누리 그리고 손환의 귀에 들어올 리 만무했다.

뒷자리를 먼저 차지하고 앉은 문자훈 일행은 다리를 꼬고 앉거나 최대한 불량스러운 자세를 유지했다. 물론 그들은 주일우의 등장에 대해 단단히 각오하고 있었다. 작년 크리스마스 사건이후 겨울이 지나고 봄이 온 지금까지 그들의 머릿속에 그때 일이 지워지지 않은 것은 부정할 수 없는 진실이므로. 그 이유 때문에라도 그들은 주일우의 등장에 정도 이상의 각오와 다짐을 견고히 했다. 적어도 그들은 주일우에게 무력하게 당하지만은 않을 거라는 각오로 자신들을 무장하고 또 무장했다. 무엇보다 주일우는 문자훈이 말한 대로 독립군, 혼자가 아닌가.

하지만 주일우의 등장을 대하는 순간, 그들은 그 모든 사전 각오와 여러 경우의 수를 놓고 계산한 자신들이 차지할 수 있는 유리한 조건들을 깡그리 망각해버렸다. 망각은 주일우의 눈빛을 보는 순간 일어났다. 문자훈 패거리, 소위 일진을 노려보는 주일우의 눈빛, 그 눈빛엔 증오를 넘어선 환멸의 기운마저 서려있었다.

눈빛의 섬뜩함을 직접 체험하는 순간이었다. 주일우가 조순우가 배정해준 가장 앞자리에 앉는 동안 기술부 교실엔 녀석의느닷없는 등장만큼이나 참혹한 침묵이 형성되었다. 주일우를 내내 지켜보던 문자훈이 옆에 앉은 백영중에게 낮은 목소리로 혼잣말하듯 말을 건넸다.

─쉽지 않겠는데.

2015년 12월 25일 AM 10:00

성곡동 한일 아파트 17단지 지하에서 물탱크실 청소가 진행
될 예정이었다. 맞교대로 근무하는 설비기사 62세 김용철 씨와
물탱크 청소를 도급받은 용역회사 직원들은 하나같이 밝지 못
한 얼굴 표정으로 청소 작업을 준비했다. 아무리 그들이 나이가
먹고, 그만큼 감수성을 잃어버렸다 해도 그날이 크리스마스 당
일인 것까지 잊을 만큼 무감각하지는 않았다.

설비기사 김용철 씨는 가족들과 함께 밥 한 끼 제대로 먹진 못
하더라도 법정 공휴일에 해당하는 크리스마스에 대대적인 물탱
크 청소 작업 스케줄을 잡아놓은 관리사무소 직원들의 무책임
함에 기가 질렸다. 그래서일까. 김용철 씨는 작업을 준비하는 내
내 불만을 쏟아냈다. 그리고 그 불만은 물탱크를 비우는 과정에
서 경악할 만한 참혹한 결과로 이어졌다.

설비기사 김용철 씨는 결코 잊을 수 없는 크리스마스를 경험
하고 말았다. 작업이 비교적 순조롭게 진행되어 오전 10시경이
되자 17단지 물탱크의 물이 거의 비워졌다. 바로 그때였다. 김용
철 씨는 물탱크 청소 작업으로 인해 단수 예고를 해야 하는 번거
로움이 17단지라는 사실 때문에 어느 정도 상쇄된 것을 위안 삼
았다. 만약 물탱크 청소로 인한 세대 단수 조치 통보가 1동에서
16동 사이에서 벌어졌다면 더한 곤욕을 치러야 한다. 공휴일에

무슨 공사고 단수냐며 주민들의 항의가 빗발칠 게 불을 보듯 훤하기 때문이다. 하지만 17동 사람들은 잠잠했다. 그들은 수돗물이 나오지 않아도 하루쯤은 더 기다릴 수 있다는 심정으로 침묵했다. 만약 17동 입주민들 중 누군가 따져 물을 경우에도 김용철 씨는 다른 동 주민들처럼 굽실거리지 않아도 된다는 무언의 자신감이 있었다. 이들로부터 받는 관리비야 다른 일반 입주민 세대에 비해 10분의 1도 안 되는데 이들이 무슨 염치로. 자신과 같이 똑같이 없이 사는 17동 임대 주민들에 대한 설비기사인 자신의 태도도 이러한데 같은 단지 내에서 숨 쉬고 생활하는 일반 입주민들의 태도는 어찌겠는가, 하는 평소의 짐작이 오히려 김용철 씨의 마음을 편하게 해주었다. 나라에서 지어준, 남들보다 더 특별한 국가 혜택을 받는 이들이니 잠자코 시키는 대로 따르는 게 당연하지 않느냐는 생각. 그런 마음으로 물이 빠진 물탱크 바닥을 들여다본 순간이었다.

사다리를 타고 물탱크 상부에 올라서 있던 김용철 씨가 갑자기 비명을 질렀다. 밑에서 청소 작업을 준비하던 직원들 모두 비명 소리에 놀라 물탱크 위를 쳐다보았다. 그들 역시 '우' 하고 함성을 질렀다. 하마터면 김용철 씨가 사다리에서 손을 떼고 그대로 바닥으로 추락할 것처럼 보였기 때문이다.

가까스로 밑으로 내려온 김용철 씨는 벽 바닥에 설치된 배수로를 향해 입을 벌려 구역질을 하기 시작했다. 궁금해하는 용역 직원 중 작업반장이 김용철 씨가 오르던 사다리에 올라 물탱크 속을 들여다봤는데, 그 역시 비명에 가까운 소리를 질렀다. 구역질을 하던 김용철 씨는 "씨발, 하필 오늘 같은 날…… 크리스마스에 이게 뭐야" 하는 말을 신세 한탄하듯 늘어놓았다.

사다리에서 내려온 작업반장이 어디론가 전화를 걸었다. 모인 용역직원들은 작업반장의 새파랗게 질린 얼굴을 보며 아무래도 오늘 작업은 힘들 것 같다는 느낌을 받았다. 아니나 다를까, 작업반장의 통화 속 내용을 듣는 순간 그들의 느낌은 정확하고 섬뜩하게 적중했다.

─거기 경찰이죠? 여기 성곡 아파트 17동 지하 물탱크실인데요. 물탱크 안에 사람이 죽어 있어요. 맞아요. 죽은 게 확실해요. 물에 퉁퉁 불어 꼼짝도 하지 않아요. 그렇다니까요. 물탱크요, 물탱크. 예? 아니, 내가 이 사람이 자살을 했는지 어쨌는지 그걸 어떻게 알아요?

8

검안실에서 주월우의 얼굴을 본 주일우의 표정은 참담했다. 오랜 시간 물속에 잠겨 있어 얼굴과 몸 전체가 불어 터진 모습도 그렇지만 눈두덩과 입술이 험하게 터져 있는 것으로 미루어 보아 누군가에게 심한 린치를 당한 흔적이 역력했다.

주일우를 더욱 비참하게 만든 건 자신과 똑같은 얼굴과 몸을 갖고 있던 쌍둥이 형제 주월우의 급작스런 비보만이 아니었다. 이 죽음을 목격하는 현장에 함께한 할머니의 횡설수설, 그 횡설

수설을 곧이곧대로 받아 적는 경찰과 주민센터에서 파견된 사회복지사들의 탁상공론이 주일우를 미치게 만들었다.

할머니는 계속해서 같은 말만 반복했다. 울지도 않았다. 울음조차 말라버린 모양이다. 한껏 가라앉은 음성으로 어처구니없는 주월우의 비명횡사를 숙명처럼 받아들일 뿐이었다. 여든을 훌쩍 넘겨 초기 치매 증상을 앓고 있어도 별다른 치료도 받지 못하고 방치된 노파의 슬픔은 고작 그런 것이었다.

─우리 월우가 아파서…… 그래. 아파서 그래…… 형사 나리. 응? 우리 월우가 어렸을 땐 괜찮았어. 그런데 나이가 들수록 아파서…… 아파서…… 그래.

할머니의 말을 사회복지사가 거들었다. 사회복지사는 사고 경위를 조사하는 경찰에게 사건의 조속한 마무리를 촉구하는 말과 함께 주월우의 평소 상태를 전문가의 소신마냥 힘주어 말했다.

─주월우, 얘 정신지체 3급입니다. 말하는 거나 활동하는 게 크게 이상하진 않지만 행동이 가끔 돌발적이고 무엇보다 지능이 초등학교 고학년 수준밖에 안 돼요.

─행동이 돌발적이라고요?

─예. 정기적으로 저희 사회복지사와 자원봉사 하시는 분들이 월우네 아파트에 찾아가곤 했는데, 그때마다 이상한 소리나 지껄이고…… 하여튼 멘탈이 정상은 아니었어요.

정상이 아니라는 말을 듣는 순간 주일우가 사회복지사의 말을 자르고서 말했다. 주일우의 시선은 여전히 형체조차 알아보기 힘든 주월우의 사체에 붙박여 있었다.

─정신지체라고 멘탈까지 정상이 아니라고 누가 그래요?

순간 검안실 내에 차가운 침묵이 돌았다. 사체 확인을 끝낸 검안사가 하얀 천으로 주월우의 얼굴을 덮었다. 사회복지사가 주일우를 탐탁잖은 표정으로 바라보며 말했다.

─넌 할 말 없어.

─그게 무슨 소리예요?

─다 알고 있어. 네가 가족들을 위해 한 게 뭐가 있어? 아빠, 엄마가 모두 집 나갔으면 아픈 할머니하고 모자란 동생, 그나마 멀쩡한 네가 잘 건사해야 될 거 아니야? 그런데 매번 찾아가도 집에 없고 학교는 그만두고 이상한 곳에서 알바나 한다는 소문이나 들리고.

─당신이 우리 집에 얼마나 자주 왔다고 그런 소릴 지껄여!

─아이고, 월우야. 우리 월우가 아파서 그래요. 우리 월우가.

할머니가 쓰러지는 것으로 검안실에서의 대립은 일단락되었다. 하지만 모든 상황은 주일우의 기대와 정반대로 전개되었다.

모든 게 상식적이지 못했다. 어린 주일우가 보기에도 이건 아니지 싶었다. 경찰은 행동이 돌발적이며, 정신지체 3급 질환자라는 주월우의 상태에만 집중해 물탱크실 사고를 단순 익사 사고로 처리하고자 했다. 사회복지사는 할머니에게 빨리 사건이 해결되면 주민센터에서 위로금도 주고, 집 나간 아드님도 수소문해서 찾아준다는 말을 건넸다. 일을 크게 벌이고 싶지 않아 하는 임대 아파트 주민들도 할머니에게 조용하고 빠른 마무리를 종용했다. 치매 초기인 할머니는 연신 '우리 월우가 아프다'는 말만 반복하며 눈물짓다 사망확인서에 사인을 해주었다. 그리고 3일, 단 사흘 만에 주월우는 부검도 없이 시에서 지급한 기초수급자 장례비용으로 화장 처리되었고, 한 줌 가루가 되어 가족 품에 돌아왔다.

주일우의 항변을 귀담아 듣는 이는 아무도 없었다. 임대 아파트 주민들도 주일우에 대해 차가운 시선으로만 일관했다. 주민들은 주일우를 일찌감치 학교를 중퇴하고 철거용역이나 동네 깡패들과 어울리며 탈선의 길을 걷고 있는 불량배로만 인식했다. 그들은 주일우가 치매를 앓는 할머니와 지능이 모자란 쌍둥이 주월우를 돌보는 일에 전혀 관심이 없었다고 결론지었다. 주일우는 어떻게든, 뭐라도 하고 싶었다. 이곳저곳 뛰어다니며 크리스마스이브 때 주월우에게 일어났던 일을 알고 싶었지만 아무것도 하지 못했다. 마지막 희망이라 할 수 있는 경찰서에 찾아가 자신과 주월우의 마지막 통화 기록을 다시 한번 듣는다면 상황이 달라질 거라고 호소했지만 경찰은 이미 조사가 끝난 상황이라며 통화 기록 조회를 거부했다.

통화 기록 조회가 거부당한 그 순간, 주일우는 경찰서 밖으로 나오면서 결심하지 않을 수 없었다. 언제나 그렇듯 누구도 자신과 함께였던 주월우를 돕지 않는다는 비정한 진실에 대한 그만의 비정한 대응이었다.

일주일 후 불행은 한꺼번에 찾아왔다. 밤낮으로 울며 주월우와 집 나간 아들과 며느리의 이름을 부르던 할머니마저 세상을 떠나고 말았다.

주일우는 그날 아침을 똑똑히 기억한다. 잊을 수가 없다. 도무지 지워지지 않는다. 방 한 칸에 거실 겸 주방이 붙어 있는 열 평이 채 안 되는 임대 아파트, 그곳 거실 바닥에 누워 있던 할머니의 뜬 눈을 목격한 순간이었다. 술을 마시고 지끈거리는 두통에 인상을 구기며 눈을 뜬 주일우의 두 눈에 들어온 할머니의 얼굴을 보는 순간 주일우는 할머니의 짓무른 푸른 눈동자가 이 세상 사람 것이 아님을 직감했다.

난방조차 제대로 되지 않아 입을 열 때마다 하얀 입김이 새어 나오는 차가운 방바닥에 머리를 대고 누운 할머니는 가족이 함께 동물원에 나들이 갔을 때 찍은 오래된 사진 한 장을 손에 쥐고 있었다. 자리에서 일어선 주일우가 조심스럽게 할머니에게 다가갔다. 그러곤 할머니의 손에 쥔 사진을 대신 집어 들었다. 똑같은 얼굴을 가진 쌍둥이 형제 주월우의 환하게 웃는 모습이 눈에 들어왔다. 눈물도 나지 않았다. 어떤 것도 생각할 수 없었다. 한 줌의 분노도, 가슴이 조여드는 슬픔도 없었다. 그 순간 주일우는 자신이 죽었음을 인정해야 했다. 같은 얼굴, 같은 몸, 같은 옷을 입고 자란 주월우의 죽음은 곧 자신의 죽음이었다. 부정하고 싶었지만 그게 진실이었다. 주월우와 자신은 다르다고, 약해빠진 병신과 자신은 다르다고 부정하고 또 부정했지만 결국 주일우는 원점으로 돌아온 이 명제를 긍정해야 했다. 주월우와 자신은 하나라는 사실. 그런데 그 하나가 죽었다. 깊고 아득한 물속에 잠겨. 주일우는 새삼 크리스마스이브 저녁, 캐럴이 울려 퍼지던 수화기 저 너머에 들려오던 주월우와의 마지막 통화를 기억했다.

9

소년원에서의 첫날 밤. 주일우는 문자훈을 중심으로 모인 일 진 패거리와는 다른 방을 숙소로 배정받았다. 문자훈 패거리와 면식이 있는 것으로 판단한 반 배정 교사 조순우의 배려로 보였 지만, 그 배려 역시 아이들에겐 별다른 효력을 발휘하지 못했다.

최누리와 손환 그리고 두 명의 똘마니들까지. 도합 네 명의 원 생이 푸른 수의(囚衣)를 떠올리게 하는 잠옷 차림으로 새벽의 소 년원 복도를 걷고 있었다. 조심스러운 발걸음으로 주일우가 잠 자는 숙소까지 이동하는 데는 채 10분도 걸리지 않았다.

방문을 열고 불을 켜는 것도 순간이었다. 원생들의 코 고는 소 리가 들렸다. 불을 켠 최누리가 주일우가 누운 곳을 찾았다. 주 일우는 창문가 구석에 얼굴이 벽을 향하도록 돌아누웠다. 주일 우를 노려보는 최누리의 손에는 작은 나무 막대기가 쥐어져 있 었다. 무기라고 보기엔 초라했으며 심지어 막대기를 쥔 손이 긴 장했는지 조금씩 흔들리기까지 했다.

불을 켠 탓인지 시간이 지나자 잠들어 있던 원생들이 한두 명 씩 깨어나기 시작했다. 원생들은 불시 검문을 한다는 명분 아래 새벽 또는 깊은 밤중에 예고 없이 불을 켜고 자신들의 몸을 뒤지는 미친개 한희상의 무례함에 어느 정도 길들여진 탓인지 불이 들어오자 조건반사적으로 자리에서 일어나거나 눈을 뜨고 문 앞을 가로막고 선 이의 정체를 확인하고자 했다.

원생들 중 마지막으로 주일우가 몸을 돌이켰다. 눈을 뜬 주일우가 몸을 일으키려 할 때였다. 그 순간 최누리가 다짜고짜 괴성을 지르며 막대기를 주일우를 향해 내던졌다.

—이 개새끼야!

막대기를 내던진 최누리가 주일우를 향해 달려들 때, 함께 들어온 손환과 다른 두 명의 원생 역시 행동했다. 손환은 문을 열었고, 두 명의 원생은 작심한 듯 가장 소리가 요란하게 날 수 있는 사물함 문을 발로 두어 번 걷어찼다.

주일우를 향해 달려든 최누리가 주일우 앞에 멈춰 섰다. 눈을 뜬 주일우와 마주한 순간 작심하고 수행하려던 의지조차 휘발된 탓일까. 상체를 일으켜 벽에 기대고 선 주일우 앞에 최누리는 꿀 먹은 벙어리처럼 가만히 있었다. 주일우가 발로 막대기를 밀쳐내며 말했다.

—최누리.

—시…… 씨발.

최누리를 따라온 원생이 초조하게 사물함을 두들겼다. 서너 번 더 두들겼을까. 문을 열고 망을 보던 손환이 최누리에게 손짓했다. 손환의 손짓을 알아챈 최누리가 주일우로부터 한 걸음 물러났다. 그에 맞춰 주일우도 자리에서 일어섰다.

—그렇잖아도 물어볼 게 있었어.

—뭐…… 뭐?

—작년 크리스마스이브…… 저녁 8시에 너희들 어디 있었어?

—무슨 소릴 하는 거야. 씨발놈아!

—그때 너희들 성곡동 편의점에 있었지?

주일우가 한 걸음 더 다가오자 최누리가 뒤로 물러났다. 그러다 발을 헛디뎌 그 자리에 주저앉고 말았다. 복도에서 발자국 소리가 들렸다. 발소리가 들리자마자 원생들 모두 무릎을 꿇은 자세로 전환했다. 손환과 원생 둘 역시 무릎을 꿇었다. 자연스럽게 몸에 익힌 동작이었다. 그렇지만 주일우는 무릎을 꿇지도, 최누리를 향한 심문을 마무리하지도 않았다.

—대답해. 너희들은 그날 성곡2동 사거리 바이더웨이에 들렀어. 그곳에서 알바하는 월우를 만났고.

—누…… 누가 그딴 소릴 해. 기억 안 나!

—너희들은 기억하지 못해도 난 똑똑히 기억해. 최누리, 네 목소리.

주일우가 최누리의 코앞까지 다가왔다. 최누리는 그토록 가까운 거리에서 주일우와 눈을 마주하자 자신도 모르게 몸이 떨리는 걸 억제하지 못했다. 짧은 순간 최누리는 이 악몽이 무사히 지나가기만을, 구세주가 나타나주기만을 기도했다. 최누리는 신(神)을 몰랐다. 하지만 어느 누구라도 자신을 이 곤경에서 구해준다면 그를 숭배할 거라는 간절한 마음으로 기도했다.

공포와 두려움으로 얼룩진 기도에 대한 응답일까. 누군가 거친 욕설과 함께 최누리의 목덜미를 붙잡은 주일우의 어깨를 발로 밀쳐냈다. 최누리로부터 떨어진 주일우가 바닥에 주저앉았고, 그 기회를 놓치지 않고 한희상의 쇠파이프 매질이 수차례 반복되었다. 주일우는 순간 팔로 머리를 가려 쇠파이프를 피했다. 그러자 한희상은 쇠파이프 휘두르는 것만으론 성이 안 찼는지 구둣발로 주일우의 어깨와 옆구리를 가격했다. 그러던 중 형평성의 곤란함을 감지해서일까. 주일우를 가격하던 동작을 잠시 멈추고 무릎을 꿇은 최누리를 보더니 이내 녀석의 얼굴에도 발길질을 퍼부었다. 최누리가 외마디 비명을 지르고 자리에 쓰러지자 복도의 불이 켜졌고, 다른 반에서도 웅성거리는 소리가 들렸다. 잠시 숨을 고르던 한희상이 흐트러진 머리칼을 매만지며 다음과 같이 말했다.

— 말종 새끼들. 당장 복도로 튀어나와!

10

— 난 말이야.

— …….

— 이곳엔 딱 두 종류의 인간만 존재한다고 생각해.

푸른 빛의 복도 앞에 무릎 꿇은 최누리와 손환, 두 명의 원생 그리고 주일우를 앞에 두고 한희상의 짧고 굵직한 설교가 이어졌다. 최누리는 한희상의 주절거림에 지대한 희망을 품었다. 웬

만해선 말로 해결하는 법이 없는, 쇠파이프로 두들겨 패거나 그
도 성에 차지 않으면 전기충격기까지 동원하는 한희상의 행동
이 평소와는 다르다는 것을 발견한 순간 최누리는 적어도 어디
하나 부러져 나가진 않겠다는 안도의 한숨을 쉬었다. 소기의 목
적을 달성한 성취감도 적지 않았다. 문제의 본질은 주일우의 처
분에 있었기 때문이다. 밤의 질서를 깨고 함께 난동을 부린 혐
의를 주일우와 함께 엮어낸 최누리의 전략은 물론 녀석의 머리
가 아닌 문자훈의 아이디어였다. 가뜩이나 주일우의 방자한 태
도를 벼르고 있던 무소불위의 폭력을 불사하는 한희상에게 이
건 아예 제물을 제단 위에 올려놓은 격이었다. 한희상은 이 기회
를 철저히 이용하기로 했다. 원생들로 하여금 이곳에서의 자신
의 위상을 다시 한번 명확히 확인시켜주기 위해 오히려 무릎 꿇
은 이들에게 기회를 주기로 한 것이다.

　―명령에 복종하는 인간과 불복종하는 인간.

　한희상이 내려다본 건 최누리도, 손환도 아니었다. 주일우였
다. 주일우는 고개를 숙인 채 어서 빨리 미친개의 의식이 끝나길
기다렸다. 한희상은 그런 주일우 앞에 자신의 구둣발을 내밀었
다. 그리고 말했다.

　―구두를 발로 핥고 멍멍 짖어. 그럼 아무 체벌도 없어. 약속
한다.

　한희상의 발언을 듣자마자 가장 먼저 행동에 나선 건 최누리
였다. 최누리는 이건 하늘이 준 기회가 아닌가, 하는 생각에 일
시의 망설임도 없이 '멍멍' 하며 개 울음소리를 흉내 냈다. 그것

만으로 성이 차지 않을 것으로 지레 짐작한 최누리는 절박하게 개 울음소리를 흉내 내며, 네발로 한희상에게 걸어갔다. 그러곤 트레이닝복 바지와 심각한 부조화를 나타내는 한희상의 구두를 혀를 길게 내밀어 핥기 시작했다. 한희상이 최누리를 보며 씁쓸한 실소를 터뜨렸다.

—하, 이 개새끼. 진짜 개새끼네.

—멍! 멍멍! 멍!

—가끔 보면 내가 한심할 때가 있어. 이런 개새끼들 사람 만들어보겠다고 이 시간에 여기 남아 당직 서는 나 자신이 말이야.

말은 그렇게 했지만 한희상은 대체로 만족하는 표정이었다. 최누리에 이어 손환과 다른 원생들도 개 울음소리를 흉내 냈다. 끝을 알 수 없는 포악성을 익히 알고 있는 이들이 보이는 마땅한 반응이라고 한희상은 생각했다. 한 명, 주일우를 제외하고는.

—넌 왜 안 짖어?

한희상의 질문에 주일우가 짧게 답하고는 다시 입을 다물었다.

—잘못한 게 없으니까요.

—잘못한 게 없어?

—예.

—다시 말해봐. 내가 잘못 들은 건가?

—…….

—잘못한 게 없다고?

—예.

—잘못한 게…… 없어?

마지막 질문을 던짐과 동시에 한희상의 손에 쥔 쇠파이프가 주일우의 머리로 날아들었다. 한희상은 급작스럽게 머리를 후려치고는 순간 자신도 아차 하는 마음이 들었는지 잠시 멈칫했다. 정수리 부근을 강타당한 주일우의 머리에서 검은 피가 흘렀기 때문이다. 쇠파이프가 주일우의 머리를 강타할 때 깜짝 놀란 최누리가 외마디 비명을 지를 정도였다.

하지만 구타의 당사자 주일우는 무릎 꿇은 자세 그대로였다. 잠시 머뭇거리던 한희상이 복도 주위를 둘러봤다. 한희상의 시선이 원생들이 묵은 숙소를 향하자 반사적으로 숙소의 불이 꺼졌다. 불이 꺼진 것을 확인한 한희상이 다시 마음을 다잡았다. 긴 한숨을 내쉰 다음 주저함 없이 주일우를 향해 쇠파이프를 휘둘렀다. 이번엔 어깨, 옆구리, 등, 허벅지, 무릎, 골고루 가리지 않고 가격했다.

—또라이 새끼. 어디 한번 맛 좀 봐라.

차가운 바닥에 머리를 파묻은 주일우는 숨도 쉬지 않았다. 입술을 깨물고 지옥의 시간을 견뎌냈다. 머리를 보호하지 않으면 안 되었다. 쇠파이프를 움켜쥔 한희상의 움직임은 지독할 정도로 과격하고 그만큼 무식했다. 보호하지 않으면 그야말로 갈비뼈 부러지는 건 대수로운 일이 아닐 정도로 한희상은 앞뒤 가리지 않고 스스로 인간 말종으로 분류한 반사회적 불씨를 품고 있는 소년원 원생 주일우를 마구잡이로 두들겨 팼다.

옆에서 지켜보는 것만으로도 겁에 질렸는지 손환의 눈에 자신도 모르게 눈물이 고였다. 5분, 10분, 시간이 흐를수록 푸르른

바닥엔 주일우의 몸에서 터져 나온 검은 핏방울들이 사방으로 번졌고, 창백할 정도로 환한 복도엔 쉼 없이 쇠파이프를 휘두르는 한희상의 거친 숨소리와 북을 두드리는 듯한 마찰음만 반복되었다.

　그렇게 20분이 더 지났다. 한희상의 손에는 더 이상 쇠파이프 휘두를 힘이 남아 있지 않았다. 전력 질주하던 마라톤 선수가 완주를 포기할 때 내지르는 절망감 섞인 숨소리를 쏟아내며 그대로 쇠파이프를 복도 바닥에 내동댕이쳤다. 주일우는 여전히 머리를 손으로 가린 채 달팽이 웅크리듯 복도 한구석에 무릎 꿇고 있었다.

　거친 숨을 내몰던 한희상이 겨우 말했다. 끝내 자신의 발을 핥지도, 개 울음소리를 흉내 내지도 않은 주일우를 향해.

　—이 독종 같은 새끼. 넌 독방행이야!

　쇠파이프를 내던진 한희상이 복도에서 사라지고 난 뒤 최누리가 조심스럽게 눈치를 살피며 자신의 숙소로 돌아갔다. 두 명의 원생들은 최누리와 행동을 같이했지만 손환은 남아 주일우의 옆을 지켰다. 녀석은 조심스럽게 주일우의 어깨를 흔들며 다음과 같이 말했다.

　—괜…… 괜찮아?

　그제야 주일우가 참았던 숨을 쉬었다. 고개를 들어 손환을 바라봤을 때였다. 손환이 울먹이기 시작했다. 자신도 의식하지 못한 사이에 눈물이 흐른 것인데, 이유는 단 하나였다. 피투성이가

된 주일우의 얼굴을 똑바로 쳐다보았기 때문이다. 피투성이가
된 주일우의 얼굴을.

11

전날 밤의 작은 참변 이후 만 하루 동안 주일우는 독방에 갇혀
지내야 했다. 명목은 근신이었다. 근신. 하루 종일 차가운 바닥
에 누워 있는 주일우의 머릿속에서 그 두 낱말이 떠나지 않았다.
무엇을 근신하란 말인가. 머리를 움직이거나, 몸을 돌리고 뒤척
일 때마다 몸 전체가 욱신거렸다. 양호 선생 앞에서 이마를 타고
흐르는 피를 닦아내고 지혈, 봉합하는 과정을 한희상은 내내 지
켜봤다. 한희상은 양호 선생과 원장이 보는 앞에서 천연덕스럽
게 주일우가 밤새 최누리 일행과 부적절한 주먹다짐을 벌였다
는 말을 반복했다. 주일우는 침묵했다. 복도에서 자신을 구타하
기 전 CCTV를 돌려세우는 한희상의 행동, 그가 남긴 말들을 똑
똑히 기억하고 있었다. "여기서 너흴 도와줄 수 있는 건 나밖에
없어. 내가 생사여탈권을 쥐었다고. 그걸 명심해." 주일우는 인
정할 수 없는 비상식이 이 안에선 얼마든지 가능하단 사실을 부
정할 수 없었다. 양호 선생의 무성의하기 이를 데 없는 응급 조
치와 원장 선생의 한희상에 대한 절대적 의존도를 보며 그 확신
은 원치 않을 정도로 철저하게 증폭되었다.
　한희상의 일방적 처분에 따라 주일우는 일일(一日) 독방 근신

처분을 받게 되었다. 한희상은 자신의 처분이 꽤나 인심을 쓴 결과란 사실을 강조했다. 독방에서 근신 처분 한 번 받았다고 벌점이 부과되는 것도 아니니 하루 요양이나 하며 자신의 잘못을 반성하라는 식의 말도 빼놓지 않았다. 주일우는 한희상의 어처구니없는 말에 대꾸하지 않았다. 침묵으로 일관했다. 그런 주일우에게 한희상은 경고했다. 앞으로도 이런 식이면 곤란하다는 말을 남겼다.

'그럼 어쩌란 말인가. 어떻게 하란 말인가.'

주일우는 한희상의 어처구니없음에 치를 떨었다. 그렇다고 별다르게 두렵거나 하진 않았다. 매번 겪어왔던 일이니까. 사회에 나가면, 도심 변두리를 돌아다니면 한희상과 같은 부류의 쓰레기들을 접하는 건 일상이니까. 주일우는 한희상과 같은 어른들로 가득 들어차 있는 서울을 저주했다. 이곳도 다르지 않지만 이 창백한 푸른 빛깔 시멘트벽 너머의 바깥세상 역시 지옥이다. 그건 다분히 감상적인 자조와는 거리가 멀었다. 독방에 갇혀 있는 내내 주일우는 눈을 감지 않고, 푸른 빛깔의 벽면을 응시했다. 계속 노려볼수록 벽 너머의 현실이 아귀처럼 주일우의 머릿속을 온통 혼란의 색으로 채워나갔다. 원치 않는 악몽이지만 고등학교 1학년을 중퇴한 이후 사회란 이름의 시궁창으로 떠밀리듯 쫓겨 나온 주일우에겐 필연적으로 듣고 볼 수밖에 없었던 현실이었다. 그 현실의 어느 곳에서 누군가의 신음 소리가 들렸다. 익숙하게 들어왔던 소리다. 예전 들었을 때의 그 소리는 벽이 없었다. 열 평의 임대 아파트, 주방 싱크대 밑에서 잠을 자던 주일우의 귀에 밤마다 들려왔던 소리, 할머니의 옆에 누워 있던 주월우의 앓는 소리, 밤마다 몸을 이리저리 뒤척이다가 사타구니 사이를 손으로 붙잡기도 하고 다리를 비벼대기도 하며 끊일 듯 끊이지 않고 이어지는 신음 소리, 주일우는 그 소리를 듣고 싶지 않아 매번 귀를 틀어막았다. 잠자던 주월우를 흔들어 깨워 도대체 어디가 아픈 거냐고 제대로 말 좀 해보라고 다그치기도 했었다. 그때마다 선잠에서 깨어난 주월우는 세차게 고개를 가로저으며 아무것도 아니라고 했다. 아무것도 아니라고.

지금 이 순간 주일우는 자신도 모르게 두 귀를 틀어막은 자신의 손을 의식했다. 손바닥을 귀에서 떼고 눈을 더욱 크게 부릅떴다. 독방, 불도 켜지 않은 유배지엔 그 어떤 것도 분명하지 않았다. 제대로 볼 수 있는 게 아무것도 없었다. 남자 손 한 뼘 남짓한 크기의 쪽창문 하나가 달려 있고, 그 틈새로 스며드는 달빛에 비친 짙푸른 벽면이 보이는 것의 전부였다. 그런데 소리가 들리는 것만큼은 감추어지지 않았다. 눈에 보이는 막막함과는 다르게 소리는 대단히 실제적으로 들려왔다. 사람의 소리, 신음 소리, 끊일 듯 끊이지 않고 이어지는, 명백한 억압의 상황에서 터져 나오는 나지막한 탄성들. 주일우는 자신도 모르게 소리가 들리는 벽으로 귀를 가져갔다. 소리를 좀더 자세히 듣기 위해 벽에 귀를 대보았다. 소리는 더욱 정확히 들렸다. 남자, 성인이라기보단 그보다 더 어린, 어딘가 모르게 덜 여문 느낌이 묻어 있는 소리의 주인공이 신음을 내질렀다. 때론 조용하게, 때론 격하게. 주일우는 그 소리가 주월우가 살아 있을 때 밤마다 내지른 소리와 같다는 생각이 들었다. 주일우는 끝까지 아무것도 알 수 없었다. 자신의 쌍둥이 형제 주월우가 어디가 어떻게 아파 밤마다 신음해야 했는지 알지 못했다. 알지 못한 채로 자신의 분신이 영원히 돌아올 수 없는 곳으로 떠났다는 실감에 주일우는 자신도 모르게 몸을 떨었다. 차가운 바닥에 성나고 외로운 짐승처럼 몸을 비볐다. 얼굴, 어깨, 엉덩이를 비비고 또 비벼댔다. 깊은 밤중에 들려오는 소리는 끊어질 듯 끊어질 듯 아슬아슬하게 계속되었다.

12

독방에서의 근신이 제대로 상대의 풀을 꺾을 거란 효과를 기대한 건 한희상만의 착각이었는지도 모른다. 한희상은 독방 근신 처분을 받고 나온 주일우를 썩 부드럽게 대했다. 본래 하루 근신 처분을 받은 다음 날 오전 1교시부터 기술수업에 참여해야 했지만 한희상은 주일우의 후유증 치료를 이유로 1교시만큼은 양호실에서 치료받으며 쉬도록 배려했다. 공교롭게도 사단은 그 어쭙잖은 배려로 인해 일어났다. 1교시 수업 시간 도중에 흡연욕을 참지 못한 최누리가 교실을 빠져나와 화장실로 자리를 옮겼을 때였다. 최누리는 결코 혼자 움직이지 않았다. 손환을 데리고 나왔다. 녀석을 화장실 망을 보게 하곤 자신은 구석진 칸막이 화장실에 들어가 담배 한 개비를 입에 물었다. 그때까지 최누리에겐 나름의 안도감이란 게 있었다. 한희상, 그 미친개가 휘두른 쇠파이프의 희생양이 된 주일우가 그 정도면 마음을 고쳐먹었을 것으로 기대했다. 소년원 안에서 함부로 덤볐다가는 아예 병신이 되거나 정신이상이 될 것을 각오하지 않으면 안 될 거라는 나름의 기대에 최누리는 여전히 초조하지만 어느 정도 안정된 마음으로 주일우를 맞이할 수 있을 거라고 믿었다. 1교시 수업 도중 담배를 피우는 이유도 안도의 성격이 다분히 강했다.

하지만 그런 이유 때문에 혼자 화장실행을 택한 최누리는 담배를 피우고 꽁초를 버리려는 순간 자신의 화장실행을 뼛속 깊이 후회하지 않을 수 없었다. 바로 옆 칸에 있던 누군가가 예고 없이 빠른 속도로 최누리가 있던 마지막 칸막이 안으로 들어온 것이다. 깜짝 놀란 최누리가 상대를 발견하곤 소리를 지르려 할 때였다. 입을 벌리기가 무섭게 최누리는 아무 소리도 내지 못했다. 숨이 막혔다. 사위가 캄캄해졌다. 도로 위로 갑자기 뛰어든 야생동물처럼 최누리가 있는 칸막이 안으로 들어온 주일우가 녀석을 보자마자 가슴팍을 주먹으로 강타했기 때문이다. 명치끝, 급소를 얻어맞은 최누리는 숨이 막혀 견딜 수가 없었다. 그대로 변기에 주저앉은 최누리의 목을 휘감은 주일우가 핏발 선 눈으로 녀석을 노려봤다. 최누리의 경련하는 눈동자 속으로 파고든 주일우는 괴물이었다. 말을 잇지 못하는 최누리에게 주일우의 급소 가격이 두어 차례 반복되었다. 주일우는 불행하게도 사람을 죽이는 법을 배우고야 말았다. 사람의 신체 중 치명적인 위해를 가할 수 있는 곳을 공격하는 법을 익혀왔다. 그따위 살인 기술을 주일우에겐 가르쳐준 건 한희상과 같은 어른들이었다.

최누리의 얼굴이 차갑게 굳어갔다. 두 손과 발을 버둥거렸지만 명치를 계속해서 가격당한 탓에 꼼짝할 수 없었다. 입에서 가느다란 침이 떨어졌다. 콧물도 함께였다. 주일우가 낮은 목소리로 말했다.

─죽일 수도 있어. 정말이야.

주일우가 애써 말하지 않아도 자신 앞에 선 시커먼 괴물을 발견한 최누리는 본능적으로 죽음의 공포를 느꼈다. 이 순간 그는 주일우의 모든 질문에 답하지 않을 수 없을 거란 자백의 정서에 포박되었다.

─너희들이…… 월우를…… 죽였어?

본능에 의한 답이 나오는 그 순간, 최누리는 고개를 가로저었다. 절박했다.

그때 1교시 수업 끝을 알리는 차임벨 소리가 들렸다. 벨 소리가 최누리로 하여금 발작하게 했다. 하지만 소용없었다. 주일우의 두 손에서 예고 없이 돋아 오른 악마적인 괴력이 최누리의 목덜미와 가슴을 짓눌렀기에 녀석은 전혀 힘을 쓰지 못했다. 최누리의 두 다리가 제 의지와 상관없이 떨리고 있었다.

─똑똑히 들었어. 월우가 일하는 편의점에서 무슨 일이 일어났는지…….

─편…… 편의점에 간 건 맞아. 하지만 아니야. 정말 아니야.

─편의점에 그냥 간 게 아니잖아.

─그렇지만, 그렇지만…… 정말 아니야. 우린 그냥…… .

말을 더듬었다. 제대로 된 설명을 할 수 없었다. 최누리는 구원을 갈망했다. 죄의식이나 죄책감을 호소할 기회조차 없는 이 상황에서 벗어나고 싶었다. 주일우는 최누리의 눈을 똑바로 응시했다.

―똑바로 말해. 마지막이야.

―으흐흐.

최누리가 가느다란 신음을 내뱉을 때였다. 잠긴 칸막이 문 두드리는 소리가 들렸다. 곧이어 누군가의 소리가 들렸다. 한희상은 아니었다.

―안에 있는 거 알아. 문 열어.

―으으흐.

―문 열어. 주일우!

바깥에서 들려온 구원의 소리에 기쁨의 탄성을 토해낼 한 줌의 여유도 없었다. 최누리의 눈시울이 붉어졌다. 주일우는 바깥에서 들려오는 소리 따위에 요동할 만한 인간이 아니란 확신을 받았기 때문이다.

―마지막으로 묻겠어. 너희들이…… 죽인 거야?

―아…… 아니야.

―…….

―정말이야. 믿어줘.

그때 칸막이 문이 열렸다. 누군가의 손길이 다급하게 주일우의 어깨를 낚아채듯 붙잡았다. 상대는 조순우였다. 그 옆엔 손환이 서 있었고, 화장실 입구에 문자훈과 백영중 일행도 서 있었다. 모두들 말을 잃은 채 화장실 타일 바닥으로 기어서 나오는 최누리를 지켜봤다.

조순우는 다급하게 주일우를 타일 벽에 몰아세웠다. 그러곤 눈동자가 정상으로 돌아올 때까지 주일우의 뺨을 두어 번 거칠게 올려붙였다.

—정신 차려!

—…….

—정신 차리라고!

조순우의 완곡한 음성이 제대로 들려온 순간 주일우의 눈에 엉금엉금 기어서 칸막이를 빠져나온 최누리의 짧게 깎은 머리가 가장 먼저 들어왔다. 검은 머리칼이 눈앞에서 한 번 휘청거리듯 움직이자 이내 화장실에 배치된 사물들이 주일우의 시선 속에 차례대로 들어왔다. 마지막으로 조순우의 얼굴과 최누리와 함께 화장실을 빠져나가는 문자훈 일행까지도. 조순우가 화장실 문가를 바라보며 말했다.

—양호실로 돌아가. 그리고 하루만 더 독방에 있어.

—…….

—내 말대로 해. 넌 지금 정상이 아니야.

—정상이 뭔데요?

—뭐?

—씨발.

조순우의 말대로 잠시 동안 이성을 잃어버린 주일우에게 정상적인 상황이 도래한 순간 녀석은 짧은 한숨을 내쉬었다.

2부

괴물의 이유

1

백영중은 눈만 깜빡거렸다. 뒷짐을 지고 최대한 예의 바른 자세로 한희상의 집무실 문 앞을 가로막고 섰다. 누가 시킨 것도 아닌데 백영중의 시선은 정면보다 조금 위 액자 사진에 집중되었다. 정면으로 보이는 사진 속엔 한희상과 꽤 닮은, 그보다 좀 더 사나운 인상을 가진 남자의 얼굴이 보였다. 대통령도, 독재자도 아닌 사진 속 인물에 대해 한희상은 백영중을 쳐다보지도 않은 채 말했다. 어울리지 않게 뿔테안경을 눌러쓰고 책을 읽고 있던 그가 말문을 열자 백영중의 시선이 슬쩍 한희상이 펼쳐든 책의 제목으로 옮겨갔다. 『국가의 미래』. 백영중은 그 책의 저자가 무슨 의도로 책을 집필했는지, 책의 내용은 무엇인지 알 길이 없었다.

―아버지다.

백영중이 부러 묻지 않았는데도 한희상은 사진 속 인물의 정
체를 먼저 말해주었다. 그가 말을 이었다.

―세상이 좆같이 변해서 아버지를 돈 벌어다주는 기계로만
생각하는데…… 난 아니야. 난 이 세상에서 아버지가 제일 존경
스럽다.

―…….

―가끔 물정 모르는 것들이 내 아버지를 씹어대며 지들 공명
심을 채우는 모양인데 씨발 새끼들……. 넌 어떠냐?

―무슨?

―너한테 아버지는 무슨 존재냐고?

백영중은 아버지 따윈 얼굴도 본 적 없다고 답하려던 것을 꾹
참았다. 모처럼, 어쩌면 이곳에 온 이후 처음으로 한희상으로부
터 진지한 말, 사람다운 말을 듣는 시간에 애써 찬물을 끼얹고
싶지 않았다. 백영중은 자세를 풀지 않은 채 늦은 저녁, 자신을
사감실로 불러낸 한희상의 진짜 목적을 듣고 싶은 마음에 썩 비
굴한 고개 숙임으로 그의 질문에 대신 답했다. 한희상은 그제야
책을 덮고 안경을 벗어 책상 위에 내려놓고는 백영중을 올려다
보았다. 그리고 말했다.

―하기야…… 아버지를 존경하는 새끼가 이런 곳에 기어들
어올 리가 없지.

혼잣말하듯 말을 흐린 한희상이 자신의 주머니에서 무언가를
꺼내 백영중이 서 있는 곳으로 던졌다. '툭' 하는 소리와 함께 쇳

소리를 낸 그것이 백영중의 아랫배에 맞고 바닥에 떨어졌다. 열쇠 꾸러미였다.

―주위.

영문을 모르겠다는 표정의 백영중이 말없이 몸을 숙여 열쇠 꾸러미를 손에 쥐었다. 한희상이 말했다. 낮게 깔린 음성에선 비록 닫힌 공간이긴 해도 주위로 말이 새는 것을 극도로 경계하려는 의지가 느껴졌다. 한희상의 말을 듣는 내내 백영중은 마른침을 삼켰다.

―너희들같이 통빡 굴리는 새끼들, 통빡 굴리다 아예 골로 가는 수가 있어.

―……?

―모를 줄 알았어? 나, 이래 보여도 소년원 짬밥만 10년째야. 문자훈, 너 그리고 최누리, 손환 기타 등등. 너희 새끼들 큰 사고 치고 그거 땜하려고 일부러 소년원에 들어온 거잖아. 내 말 틀렸어?

백영중의 표정이 굳어졌다. 한희상이 미소 지었다. 상대의 심리를 지배하려는 고약한 비열함으로 무장된 미소였다. 잔뜩 굳은 백영중을 보며 한희상이 부드러운 어조로 말했다.

―걱정 마, 새끼야. 너희들이 어떻게 머릴 굴리든 난 상관 안 해.

―그럼…… 왜 저한테 이걸?

조심스럽게 백영중이 열쇠 꾸러미를 들어 보였다. 그걸 본 한희상이 흘러가는 것 같은 무심한 말투로 말했다.

―그 안에 독방 4호실 열쇠도 있다.

더 단단하게 표정이 굳은 백영중의 상태를 흘긋 살핀 한희상의 얼굴도 이내 심각해졌다. 장난기나 상대에 대한 비아냥거림의 기름기가 빠져나간 진지함이었다.

─너희들과 주일우가 어떻게 엮였는지 난 관심 없어. 다만 내가 불만인 건 주일우, 그 씨발 새끼가 선생 알기를 우습게 안다는 사실이야.

─…….

─머리통을 부숴놨는데도 저 모양이니 다시 나설 수도 없고…….

─선생님.

─어때? 너희들한텐 꽤 좋은 기회잖아. 듣자 하니 최누리가 주일우한테 봉변당한 후로 오줌도 제대로 못 눈다고 들었다.

─…….

─물론 선택은 네가 하는 거야. 하지만 경고하지. 오늘 주어진 이 기회를 놓치면 난 더 미친개가 될 거야. 너희들 인생에 평생 지워지지 않을 악몽을 심어주기 위해서 날뛸 거라고. 무슨 말인지 알아듣겠어?

공갈과 협박의 말을 차분한 어조로 이어가는 한희상의 번들거리는 얼굴과 마주한 백영중은 그 특유의 거대한 체격에서 발산되는 고압적인 에너지에도 불구하고 그 파렴치한 의지에 온몸에 소름이 돋았다.

한희상과 잠시 눈을 마주친 백영중은 자신에겐 처음부터 선택의 기회라는 게 주어지지 않았음을 인정해야 했다. 포기가 빠르면 그만큼 행동도 민첩해지는 법. 열쇠 꾸러미를 건네받은 백영중이 입을 굳게 다물고 한희상에게 목례했다. 90도 각도로 몸을 숙여 인사한 백영중의 손엔 열쇠 꾸러미가 떠나지 않았다. 오히려 더 힘주어 그것을 붙잡았다. 한희상은 인사를 마치고 문밖으로 나가려는 백영중의 뒷덜미에 당부의 말을 하나 더 남겼다.

　—송장 치러도 상관없으니깐 제대로 짓이겨놔. 대충 끝낼 생각 말고.

2

　—혼자서 괜찮겠어?

　최누리가 걱정이 한가득 담긴 표정으로 물었다. 손전등만으로 공간을 밝힌 실습실 안에서 거대한 체구의 백영중이 묵묵히 연장을 챙겼다. 붉은색 폴리에틸렌 손잡이가 씌워진 펜치와 소형 스패너를 허리춤에 찔러 넣은 다음 자리에서 일어섰다. 백영중이 뒤돌았을 때 불 꺼진 실습실엔 최누리와 문자훈 일행이 함께했다. 특유의 자신만만함으로 무장한 문자훈마저도 백영중과 눈이 마주하는 순간 걱정스런 표정을 지었다. 백영중이 말했다.

　—혼자가 편해.

　백영중의 짧은 답에 문자훈이 걱정스럽고 성가신 말투로 따지듯 물었다.

　—잘못되면 너나 나나 끝장이야. 지금이라도 확실히 결정해.

모두 들어가 말아?

—독방이야. 그 안에 세 명만 들어가도 연장 한 번 제대로 휘두를 수 없어. 네가 더 잘 알잖아.

백영중의 설명에 문자훈은 더 대꾸하지 못했다. 독방에서 근신 처분을 받은 적은 없지만 청소를 하면서 본 적은 있었다. 한 평이 채 안 되는 좁은 공간에 있는 거라곤 오줌통과 임시 설치된 변기가 전부였다. 책상도, 밥그릇도, 아무것도 없는 그 좁은 공간에서 문자훈처럼 소위 연장으로 승부를 거는 양아치들이 설 곳은 없었다.

백영중은 무표정했다. 특별한 긴장도, 그 반대 반응인 경박함도 없었다. 시간을 확인한 백영중이 앞장서서 실습실 밖으로 나왔다. 실습실을 나와 복도 끝으로 걸어가면 잿빛으로 된 철문이 나온다. 철문을 열고 들어가면 네 개의 독방으로 연결된다. 백영중의 손엔 열쇠 꾸러미에서 떼어낸 한 개의 열쇠가 쥐어져 있었다. 4호실. 주일우가 있는 곳. 백영중은 뒤춤에 꽂아 넣은 두 개의 연장을 확인하며 한희상이 남긴 말을 머릿속에 주문처럼 반복해 생각했다. '송장을 치러도 상관없다.' '송장을 치러도.'

백영중이 철문을 열고 들어갈 때까지 최누리와 문자훈 일행은 숙소로 돌아가지 않았다. 한희상이 있는 사감실의 불도 훤히 켜져 있었다.

3

거칠고 절박한 숨소리만 지하주차장에 나지막이 울려 퍼졌다. 검은 모자를 눌러쓴 남자가 지하주차장에 주차해놓은 자신의 차에서 내렸다. 혼자가 아니었다. 검은 모자를 눌러쓴 남자는 주월우를 차에서 끄집어냈다. 주월우는 혼자 힘으로 움직이지 못했다. 남자가 온몸이 물에 젖은 가축처럼 늘어진 주월우를 등에 둘러업었다. 주월우를 등에 업자마자 남자의 발걸음이 휘청거렸다. 남자가 고통스러운 한숨을 한두 번 내쉬더니 차 문을 닫고 걸음을 옮겼다.

몇 걸음만 옮기면 바로 저수조 창고가 보인다. 차를 저수조 창고 앞에 주차한 남자의 전략이 주효한 순간이다. 남자는 주위 상황을 크게 의식하지 않았다. 주차된 차량도 많지 않았고, 무엇보다 남자는 잘 알고 있었다. 이곳엔 CCTV가 정상 작동되지 않음을, 기기가 주차장 천장 곳곳에 달려 있어도 그건 단지 전시용으로 달려 있을 뿐이란 사실을.

저수조 창고 역시 열려 있었다. 어느 때부터인가 문은 열려 있었고, 그 탓에 학교를 자퇴하거나 떠도는 아이들이 잘 곳을 찾기 위해 저수조 창고나 열린 옥상을 이용하는 것으로 알려졌다. 주민들이 시정을 요구했지만 관리 소홀이나 직원 감축을 이유로 문단속이 제대로 이뤄지지 않는 그곳, 검은 모자의 남자는 주월우를 그곳으로 데리고 갔다. 거친 숨을 토해내며.

남자의 등에 업힌 주월우는 숨을 쉬지 않았다. 눈을 뜨고 있어 검은 눈동자엔 선명한 생기가 남아 있었지만 중요한 건 숨을 쉬지 않는다는 사실이었다. 남자는 다시 한번 확인하고 싶었다. 물탱크 앞, 사다리 옆에 주월우를 억지로 일으켜 세운 다음 코끝에 손을 갖다 대거나 입을 맞춰보았다. 뺨을 때리기도 하고 주먹으로 아랫배를 가격하기도 했다. 하지만 아무 반응도 없었다. 남자가 나지막이 울먹이며 무언가 중얼거렸다.

─씨발, 씨발.

욕설조차 숨죽여 내질렀다. 남자는 다시 한번 젖 먹던 힘까지 내기로 했다. 사다리 위로 주월우를 끌어 올렸다. 힘겨운 작업이었다. 숨을 쉬지 않는 주월우의 몸은 비록 마른 체형이긴 해도 납덩이처럼 무거웠다. 남자는 있는 힘을 다해 주월우를 물탱크 사다리 위로 끌어 올렸다. 마지막 순간에 가선 남자의 눈앞이 캄캄해져 아무것도 보이지 않았다. 미칠 것 같은 질식감에 사로잡힌 남자가 괴성을 질렀다. 그 순간 주월우의 무거운 몸, 숨 쉬지 않는 굳은 몸이 물탱크 안으로 빠져들었다. '첨벙' 소리와 함께 주월우의 몸은 한순간 거대한 물탱크 바닥으로 내려앉았다.

다시 사다리에서 내려온 남자는 내내 끼고 있던 장갑을 벗고 모자도 함께 벗은 다음 이마에 흐른 땀을 닦았다. 입을 열 때마다 하얀 입김이 나오는 영하의 날씨, 크리스마스이브였음에도 땀이 흘렀다.

푸른빛을 머금은 물탱크 벽면에 등을 기댄 남자가 마음의 안정을 찾으려는 듯 주머니에서 담뱃갑을 꺼내 한 개비 입에 물었다. 주월우를 옮기기 위해 갑작스럽게 힘을 동원한 탓일까. 아님 다른 이유가 있는 건지 불을 붙이려는 남자의 손이 심하게 떨렸다. 불붙은 담배 한 모금을 깊게 빨아들이던 남자가 욕설이 섞인 혼잣말을 자조적으로 내뱉었다.

— 재수 없어…… 재수 없는 날이야…… 맞아…… 그냥…… 그런 날이야.

4

'철컥' 소리가 들렸다. 때맞춰 취침 점호를 알리는 음악 소리가 들렸다. 의도한 건 아니지만 4호 독방 문이 열리는 둔탁하고 육중한 '철컥' 소리가 음악 소리에 묻혀 제대로 들리지 않았다.

이제 곧 문이 열릴 것이다. 손잡이를 붙잡은 백영중이 창살 너머로 보이는 4호 독방 속 주일우의 돌아누운 모습을 바라보았다. 주일우는 사방이 온통 푸른 벽뿐인 독방에 잔뜩 몸을 웅크리고 누워 있었다. 미동도 없었다.

백영중이 조심스럽게 문을 열었다. 수많은 생각이 교차했지만 결국엔 몸의 반응, 동작하는 반응에 따르는 수밖에 없다고 판단했다. 지금의 순간을 지배하는 많은 생각들은 아무 도움도 되지 못한다. 오직 행동만이 유효할 뿐이다.

문을 여는 내내 '행동'이란 한 개의 단어만 백영중의 텅 빈 머릿속을 채웠다. 하지만 문이 닫히고 한 평 남짓한 독방 안에 들어온 순간부터는 그나마 남아 있던 마음속 다짐의 말들조차 휘발되었다. 짙푸르다 못해 창백하기까지 한 독방 벽면과 그 바닥에 누워 있는 주일우를 먹잇감으로 내려다보는 것 외에 별다른 생각을 할 타이밍을 잃어버렸다. 이제 그야말로 건널 수 없는 강을 건넌 것이다.

허리 뒤춤에서 소형 스패너를 꺼내 손에 쥔 백영중의 검은 그림자가 주일우의 몸을 덮쳤다. 순간, 주일우의 어깨가 들썩였다. 눈을 감고 있던 얼굴 근육에서 미세한 경련이 일어났다. 그 미세한 근육 경련은 백영중에게 일종의 신호탄 역할을 했다. 백영중은 또래 일진 멤버들처럼 서두르지 않았다. 버럭 소릴 지르거나 욕을 퍼부으며 상대를 겁주거나 위협하는 행동도 하지 않았다. 백영중은 묵묵히 행동할 뿐이었다. 주일우가 움직이려는 찰나였다. 백영중은 작심하고서 녀석의 옆구리를 스패너로 가격했다.

한차례 스패너로 얻어맞은 주일우가 몸을 최대한 웅크렸다. 옆구리를 손으로 가로막았다. 제대로 적중시켰다고 판단한 백영중이 계속해서 주일우의 옆구리와 갈비뼈를 향해 스패너를 휘둘렀다. 한 손으론 주일우의 머리를 붙잡고 다른 한 손으로 스패너를 내리치고 또 내리쳤다. 외마디 비명이 터져 나왔다. 열 번 이상 스패너를 내리친 백영중의 숨도 점차 거칠어졌다. 여전히 춥고 습한 소년원 공간에선 춘분이 훨씬 지났는데도 입을 벌릴 때마다 하얀 입김이 새어나오곤 했다. 수의를 빼닮은 단체복을 입은 주일우의 옆구리에 검붉은 기운이 맺혔다.

어느 정도 되었다고 판단했을까. 백영중은 이제 주일우의 머리와 허벅지를 발로 내리찍기 시작했다. 이 모든 건 주일우가 몸을 돌리기 전에 일어난 일이었다. 거대한 체구의 백영중이 한 번씩 주일우의 머리와 하체를 짓밟을 때마다 육중한 꿍음이 들렸다. 주일우의 비명 소리가 폐쇄된 4호 독방 전체에 메아리가 되어 울려 퍼졌다. 비명과 숨소리, 번져 오르는 피비린내가 독방을 지배했다.

시간의 흐름이 정지된 순간, 백영중의 손에 쥔 스패너가 춤을 추기 시작했다. 녀석은 확실히 절제력을 잃어버렸다. 몸의 통제가 불가능한 상황으로 몰아간 것은 백영중의 머릿속이었다. 녀석의 머릿속에선 한희상의 말이 절대의 망령처럼 떠돌았다. '송장 치를 각오하라'는 명령. 백영중은 주일우의 머리와 목덜미, 머리를 가리고 있는 주일우의 손가락들을 향해 마구잡이로 스패너를 내리치는 자신의 행동에 지독한 낯설음을 체감했다. 닫힌 독방의 높은 천장 위로 하얀 입김과 함께 거친 숨소리도 함께 타올랐다.

주일우의 정수리와 관자놀이 부근을 내리칠 때, 백영중은 정말로 주일우가 죽을지도 모른다는 섬뜩한 생각이 들었다. 가해자의 심리엔 두려움과 쾌감이 공존한다. 백영중은 또래 혹은 형뻘 되는 아이들이 일진인 자신에게 무량의 공포를 느끼고 그에 맞는 비굴한 행동을 보여줄 때 더할 수 없는 쾌감을 느꼈다. 하지만 지금의 쾌감은 정직히 말해 쾌감이 아니다. 누구도 봐주지 않고, 벗어날 수도 없는, 고약한 피비린내만 가득 차오른 질식을 담보로 한 쾌감이다. 지금 백영중의 오감을 사로잡은 쾌감은 두려움의 다른 이름이었다. 백영중은 두려움의 끝장을 보기 위해 마지막 힘까지 쏟아부었다. 주일우가 누워 있는 바닥에서 핏물이 번져나가기 시작했다. 피는 방울이 되어 사방으로 무질서하게 흩어졌다. 백영중에게 당하는 내내 주일우는 몸을 최대한 바닥에 밀착하고 손으로 머리를 가린 채 비좁은 독방 이곳저곳을 옮겨 다니며 백영중의 포악한 휘두름이 멈출 때까지 기다렸다. 두 눈을 부릅뜬 주일우는 오직 푸른 벽만 응시했다. 입을 악다물고 정신을 잃으면 끝장이라는 다짐만 반복했다. 그 순간 백영중이 어떻게 독방 문을 열고 들어왔는지, 차가운 금속질의 포악함만으로 무장된 연장을 어떻게 소지할 수 있었는지에 대한 항변과 의문은 무용했다. 4호 독방과 그런 식의 질문들은 어울리지 않는다. 그건 상식의 세계에서나 통용되는 질문이다. 주일우는 그 사실을 너무 일찍 깨달아버렸다. 어머니가 편지 한 장 없이 집을 나간 뒤부터, 술독에 빠진 아버지마저 사라져버린 이후부터 상식은 주일우에게 어울리는 옷이 아니었다. 주일우는 깨닫고 말았다. 비상식의 세계에선 비상식적으로 살아남는 수밖에 없다는 사실을. 그렇지만 지금 자신에게는 더 살아야 할 이유가 남아 있지 않았다. 그렇다고 죽을 수도 없다. 주월우의 퉁퉁 부은 얼굴이 머릿속에서 지워지지 않는 이상 죽어 지옥에 가더라도 그 모습이 지워지지 않을 것 같았기 때문이다. 주일우는 잘 알고 있었다. 작심하고 자신을 죽이기 위해 스패너를 휘두르는 백영중의 살의에도 불구하고 자신의 목숨줄은 끈질기게 남아 있을 거라는 사실. 그건 어느새 괴물이 되어버린 주일우에게 하나의 원리였다. 변하지 않는 불변의 원리.

주일우가 더 이상 움직이지 않는 것을 확인한 백영중이 스패너를 바닥에 떨어뜨렸다. 어깨에서 탈골이 의심될 정도의 극심한 통증이 밀려왔다. 너무 강하게, 쉬지 않고 스패너를 휘두른 탓이다. 어깨를 붙잡은 백영중이 벽에 등을 기대고 가쁜 숨을 몰아쉬었다. 백영중의 절박한 숨소리가 독방 전체에 울려 퍼졌다.

백영중이 스패너를 손에서 놓았을 때, 싸늘한 감각과 함께 몰아치는 건 움직이지 않는 주일우의 상태였다. 머리에만 스패너를 휘두른 게 몇 번일까. 기억조차 나지 않았다. 두려움이 백영중의 거대한 체구를 휘감은 순간, 그보다 더한 두려움이 지옥의 문을 열었다. 주일우의 몸이 다시금 움직인 것이다.

주일우가 몸을 일으킬 때 백영중은 다시 몸을 숙여 바닥에 떨어진 스패너를 줍는 일조차 쉽지 않음을 실감했다. 뒤돌아선 주일우와 시선이 마주치는 순간 가뜩이나 싸늘했던 오감이 아예 마비되는 느낌에 사로잡혔기 때문이다. 마른침을 삼킨 백영중 앞에 주일우가 힘겹게 상체를 일으켰다. 백영중은 자신이 주먹조차 제대로 쥐지 못하는 상태란 것 역시 실감해야 했다. 잔뜩 긴장한 상태에서 스패너를 휘둘러선지 좀처럼 어깨와 팔, 주먹에 힘이 생기지 않았다. 대신 백영중은 한 가지 더 챙겨 온 연장인 펜치를 꺼내기 위해 오른손이 아닌 왼손을 사용하기로 했다. 희미한 백열전구 불빛에만 의지한 독방에서 순식간에 강한 피비린내와 엄청난 열기가 함께 휘몰아쳤다.

기어이 자리에서 일어선 주일우가 흐르는 핏물이 눈꺼풀을 자극하는 게 성가셨는지 이마에 흐르는 피를 닦으며 말문을 열었다. 말문을 여는 순간마다 주일우의 터진 입술에서 피고름이 묻어 나왔다.

　　―분명히 말해.

　　―씨발 새끼.

　　―월우, 누가 죽었어?

　　―그만해! 그게 뭐가 중요해? 누가 죽이든 그 새낀 이미 뒈졌어. 죽었다고!

　　―뭐가 중요하냐고?

　　―씨발…….

　　―그 말한 거 후회하게 될 거야.

5

2015년 12월 24일 PM 11:00

주월우가 울먹였다. 하지만 웃고 있었다. 주월우가 아르바이트를 하는 편의점 점주는 주월우를 볼 때마다 웃으라고 명령했다. 주월우가 정신지체 3급이란 사실을 알게 되면서부터 더욱 웃음을 잃지 말라는 당부를 반복했다. 주월우는 누구의 말도 거역할 수 없었다. 쉽게 거역하지 않았다. 주월우에겐 누구든 어른이었다. 자신에게 명령하는 사람은 누구든.

남자도 예외는 아니었다. 차 안에서 남자가 자신의 바지를 벗겨 내리는 순간, 자신의 성기를 거칠게 문지르는 순간에도 주월우는 저항하지 못했다. 남자가 명령했기 때문에, 남자의 명령을 따르지 않을 수 없었다. 남자는 어른이니까. 하지만 주월우는 울고 있었다. 이 순간만큼은 남자의 명령을 따르고 싶지 않았다. 주월우는 듣고 싶었다. 볼 때마다 자신의 거울을 보는 것 같은 주일우에게 듣고 싶었다. 내가 뭘 어떻게 해야 하느냐고.

전화기를 찾았지만 찾을 수 없었다. 남자의 억센 힘이 자신을 짓눌렀던 탓도 있었다. 힘겹게 주머니 속에 손을 넣어봤지만 전화기는 보이지 않았다.

'휴대폰을 잃어버렸어. 일우에게 혼날 거야.'

그 생각이 떠오르자 주월우의 눈에 눈물이 고였다. 가슴이 아팠다. 온몸이 아프지 않은 곳이 없었다. 숨도 막혔다. 남자는 오늘따라 더욱 거칠게 주월우의 입을 틀어막았다. 차 안에 내장된 내비게이션 액정에서 주월우가 익숙하게 보아오던 장면이 방영되고 있었다. 남자와 남자의 벗은 몸, 한 남자가 자신보다 유약해 보이는 남자의 입을 틀어막고 겁탈하는 장면. 주월우는 지금 남자가 화면 속 장면을 따라 한다고 생각했다. 그래서 이해하려 했다. 명령이니까. 그런데 숨이 너무 막혔다. 다른 날과는 달랐다. 온몸 구석구석을 야무지게 얻어맞아 정신을 차릴 수 없었다. 현기증도 일었다. 더구나 주월우는 중증 비염이 있어 입이 막히면 코로 숨을 쉴 수가 없다. 언제나 남자의 차에 타면 유별나게 진한 향수 냄새가 풍기곤 했는데, 지금은 그마저도 주월우의 막힌 숨을 열게 하는 데 아무 도움도 주지 못했다. 남자는 주월우의 창백하게 굳어가는 낯빛을 즐겼다. 당하는 아이의 모습을 보면 볼수록 피가 거꾸로 솟는 쾌감을 느꼈다. 이러면 안 돼, 이러면 안 돼, 하는 마음도 주월우만 보면 까무룩 사라졌다. 월우는 말을 잘 들으니까. 자신이 시키는 대로 언제나 잘 따라주니까. 싫어하지도, 기뻐하지도 않으니까.

그래서일까. 남자는 주월우의 아물지 않은 몸을 갖는 자신의 행동에 별다른 죄책감을 갖지 못했다. 다른 상대들은 달랐지만 주월우에게만큼은 죄의식이 희박했다. 그래도 한 가지, 당부해둘 것이 있다. 입을 틀어막은 상태에서 남자는 자신의 바지를 벗으며, 주월우의 항문에 적당량의 크림을 바른 다음 녀석의 항문 속 구멍으로 능숙하게 자신의 성기를 밀어 넣으며 말했다. 아니, 명령했다.

— 형한테 말하지 마. 말하면 죽어. 알아들어?

언제나처럼 남자는 명령했다. 남자가 명령하면 주월우는 창백해진 낯빛과 유난히 대비되는 검은 눈동자를 부릅뜨고 고개를 끄덕이는 시늉을 했다. 언제나 웃는 표정으로. 그런데 지금은 조금 다르다. 여전히 웃고 있었지만 고개를 끄덕이진 않았다. 부릅뜬 검은 눈동자도 초점을 잃은 듯 보였다.

─장난하지 말고 병신 새끼야. 형한테 말하지 말라고.

뭔가, 확실히 달랐다. 그 다름을 감지한 순간 남자의 손이 주월우의 입에서 황급히 분리되었다. 입이 열렸음에도 주월우는 말하지 않았다. 고개를 끄덕이지도 않았다. 다급해진 남자가 주월우의 뺨을 후려치며 외쳤다.

─일어나! 주월우! 장난 그만해!

주월우는 고개를 끄덕이지도, 눈동자의 초점이 돌아오지도, 정신을 차리지도 않았다. 두 콧구멍에서 핏물이 흘러내렸다. 남자가 주월우의 얼굴과 몸을 흔들었다. 주월우는 저항하지도, 남자의 말과 행동에 반응하지도 않았다.

그 순간, 남자가 소스라치게 놀라며 비명을 질렀다. 비명을 지르며 조수석에 앉은 주월우로부터 황급히 물러났다. 조수석 바닥에서 '웅' 하는 진동음이 들렸던 것이다.

엉겁결에 차 밖으로 나온 남자가 주위를 둘러봤다. 불행인지 다행인지 지하주차장엔 아무도 없었다. 차량도 많지 않았다. 정신을 차린 남자가 바지 지퍼를 올리고 혁대를 다시 비끄러매며 차 안을 들여다봤다. 주월우의 다리 사이로 푸른 빛깔의 액정이 비쳤다. 주월우의 호주머니에서 빠져나온 휴대폰이 작동한 것이다. 액정에 나타난 발신자를 확인할 수 있었다. 하지만 남자는 전화가 끊어지기만을 초조히 기다렸다. 전화가 끊어지면 전원을 끄고 주월우의 휴대폰을 박살낼 궁리부터 했다. 그 궁리엔 주월우에 대한 영구 처분도 포함되어 있었다. 어디가 좋을까. 어디에 이 병신을 묻어버릴까. 남자는 지하주차장 주위를 두리번거렸다.

6

주일우가 끝끝내 두 발로 일어섰다. 비틀거리지도, 다시 주저
앉지도 않았다. 이마에 피가 흐르고, 코피가 터져 흘러내려도 닦
을 생각조차 하지 않았다. 바닥에 침을 뱉자 주일우의 입에서 검
붉은 핏물이 타액과 뒤섞여 흘러내렸다.

그만두고 싶었다. 백영중의 솔직한 심경은 그랬다. 주일우를
더 두들겨 패지 못해서가 아니었다. 방금 전 자신의 행동을 잊을
수가 없기 때문이다. 스패너를 휘두를 때 백영중은 태어나 처음
으로 자신이 누군가를 죽일 수 있을지도 모른다는 끔찍한 살의
에 포박되었다. 무거운 스패너가 주일우의 정수리를 강타할 때
부터 그랬다. 영화나 게임에선 흔하게 봐왔지만 실제 손에 쥔 연
장을 통해 살의의 감각이 전해지는 순간 백영중은 오히려 지금
까지 자신이 벌여온 온갖 파렴치한 폭력 행위가 허구란 생각이
들었다. 또래 친구들의 돈을 뺏고, 편을 갈라 패싸움하고 게임에
서 본 것처럼 상대를 굴복시키고, 겁먹은 녀석들의 사슴 같은 눈
망울을 보며 더 윽박질러 궁지로 몰고……. 그런 일련의 행동이
허위라는 생각이 들자 백영중은 자리에서 일어선 주일우와 더
이상 마주하고 싶지 않았다.

지금의 주일우는 허위가 아니다. 자신의 하나뿐인 혈육인 주
월우를 대신해 살아난 죽음이었다. 죽어 있는 주월우의 분신이
유령처럼 떠도는, 하지만 끔찍한 피비린내와 함께 살아 있는 명
징한 현실이었다. 백영중이 선택할 수 있는 건 독방을 벗어나는

일뿐이었다. 하지만 몸을 돌려 손잡이를 붙잡았을 때, 백영중은 그마저도 불가능하다는 불길한 생각이 들었다. 그 순간 미칠 것 같은 질식감이 녀석의 목을 조여왔다. 4호 독방의 쇠창살 너머로 한희상의 얼굴이 보였다. 백영중이 손잡이를 돌렸을 때, 어떤 강한 힘이 독방 밖에서 엄청난 압력으로 버티고 있었다. 독방의 문은 안팎 모두 잠금 기능을 갖고 있었다. 소년원 독방과 시설 관리를 담당하는 한희상이 여분의 열쇠를 갖고 있다는 건 상식에 가까운 예측. 백영중은 이 순간 눈빛만으로 독방 밖에 서 있는 한희상에게 간절히 호소했다. 이쯤 해서 끝나게 해달라고. 자신을 여기서 내보내달라고.

하지만 한희상의 생각은 달랐다. 한희상은 백영중이 아예 주일우를 그 속에서 끝장내주길 바랐다. 주일우에게 특별한 원망이 있어서 그런 건 아니었다. 불량 청소년을 계도하겠다는 마음은 더더욱 아니었다. 단지 한희상은 괘씸하고 화가 나 있었다. 자신의 권력과 명령에 불복종 의사를 밝힌 별종에게 때늦은 후회, 평생 잊을 수 없는 공포를 심어주고 싶었다. 하지만 내내 지켜본 이 4호 독방의 괴물, 백영중의 공격으로 다시금 만신창이가 된 주일우는 최악의 몸 상태와는 다르게 그 어떤 것에도 두려움을 느끼지 못하는 괴물이 되어 있었다. 한희상은 크게 실망했고, 백영중이 한 번 더 주일우에게 지옥의 맛을 보여주길 원했다. 그래서일까. 마른침을 삼킨 한희상이 작심하고 4호 독방 문을 밖에서 잠가버렸다.

'철컥.'

육중한 철성(鐵聲)이 들리는 순간 백영중의 심장도 함께 내려앉았다. 한희상은 무표정하게 창살 너머로 드러나는 4호 독방의 살풍경을 지켜봤다. 수많은 핏방울이 푸른 빛깔의 바닥과 벽면에 무질서하게 번져 올랐다.

백영중이 다시 돌아섰다. 주일우는 백영중이 바닥에 떨어뜨린 스패너를 손에 쥐지 않았다. 백영중은 여분의 연장으로 챙겨온 펜치를 꺼내 왼손에 쥐었다. 그런 다음 펜치를 쥔 손을 두세 번 쥐었다 폈다를 반복했다. 급작스런 근육 경련에 손의 감각이 무뎌진 탓이다. 주일우는 말없이 백영중을 향해 한 걸음 다가섰다. 그 순간 백영중이 거친 욕설을 쏟아냈다. 주일우를 표적 삼아 펜치를 휘둘렀다. 잽싸게 고개 숙인 주일우가 동시에 백영중의 명치를 앞차기로 가격했다. 급소를 맞은 백영중이 휘청거렸다. 그렇지만 백영중은 최누리와 달랐다. 급소 한 번 맞았다고 반격하지 않을 약골이 아니었다. 백영중은 자신을 향해 달려든 주일우의 목덜미를 붙잡았다. 하지만 오히려 그게 화근이 되었다. 목덜미를 붙잡힌 주일우가 그 탄력으로 백영중의 얼굴을 향해 자신의 머리통을 밀어붙였다. 주일우의 머리가 백영중의 얼굴과 정면으로 충돌하는 순간 백영중이 외마디 비명을 지르며 벽 뒤로 몸을 붙였다. 여전히 목덜미가 잡힌 채로. 주일우는 계속해서 머리로 백영중의 얼굴을 받으며 두 주먹으론 백영중의 양 옆구리를 난타했다. 한 번 두 번, 주일우의 주먹이 자신의 옆구리를 파고들 때마다 백영중은 손바닥에 대못이 박히는 것 같은 극도로 고조된 고통을 실감했다. 무엇보다 숨을 쉴 수 없었다. 뼈가 부러지는 소리가 실제로 들리는 것 같았고, 두 번 세 번 반복해서 같은 부위를 주먹으로 내리치자 백영중의 몸이 가격당한 왼쪽 옆구리를 중심으로 크게 휘청거렸다. 숨이 막혔다. 사물의 식별이 어려울 정도였다. 백영중은 그야말로 죽음의 공포에 돌입했다. 주일우의 목덜미에서 손을 떼고 펜치와 주먹을 휘둘렀지만 매섭게 파고드는 주일우의 기세를 꺾는 건 애초부터 불가능했다. 주일우의 거친 숨소리가 들려왔다. 녀석은 그 작은 체구로 자신에게 남아 있는 모든 힘을 주먹에 집중시켰다. 힘을 모으는 방법을 배운 탓이다. 주먹에 힘을 제대로만 모으면 아무리 작은 체구라도 상대에게 치명적인 충격을 줄 수 있다고. 제대로 급소만 내리치면 주먹질만으로도 사람을 죽일 수 있다고 주일우를 썩 일 잘하는 아르바이트생으로 부리던 어른들이 가르쳐주었다.

백영중의 펜치가 주일우의 관자놀이를 스치듯 지나칠 때였다. 순간 아찔한 현기증이 일었다. 주일우는 승부를 결정짓기 위해 오른 주먹에 모든 힘을 모아 백영중의 턱을 가격했다. 백영중의 입에서 검붉은 핏물이 튀어 올랐고, 그 순간 녀석의 검은 눈동자가 흰자위 속으로 말려들어가더니 이내 사라져버렸다. 실신하기 직전, 쓰러지려는 백영중의 턱을 붙잡고 일으켜 세운 주일우가 백영중의 뺨을 강하게 후려쳤다. 검은 눈동자가 다시금 제자리로 돌아왔다. 하지만 백영중은 제대로 보지도, 들을 수도 없었다. 윙윙거리는 라디오 주파수 잡음을 닮은 소리만 끝없는 메아리가 되어 들릴 뿐이었다.

주일우에게 턱이 잡혀 가까스로 벽에 등을 기대고 서 있던 백영중은 입을 열지 않을 수 없었다. 입을 벌릴 때마다 끔찍한 통증이 엄습했지만 어떤 말이라도 하지 않으면 괴물이 되어버린 주일우를 감당할 수 없으리라는 본능에 가까운 두려움이 녀석으로 하여금 스스로 입을 열게 만들었다. 그때의 일, 작년 크리스마스이브의 기억을.

7

—몰랐어. 그 녀석이…… 그 약간 모자란 녀석이…… 네 동생일 줄은. 그냥…… 말 잘 안 듣고, 시키는 대로 하지 않아서, 버릇을 고쳐주려고 했어. 씨발…… 그 편의점 사장 제대로 물 먹이려 했는데…… 네 동생이…… 협조하지 않았어. 그래서…… 그래서…….

—그래서 죽였어?

주일우의 짧은 한마디 물음에 백영중이 고개를 흔들었다. 본능에 가까운 반응이었다. 주일우가 백영중을 보며 나지막한 소리로 말문을 열었다.

—내 머릴 내리칠 때, 네 손에서 힘이 약해지는 걸 느꼈어. 그때 알았어. 네가 사람을 죽일 만한 담력은 없다는걸.

—ㅇㅇㅇ…….

─그렇지만 넌 주월우를 죽였어.

─난…… 아니야.

─병신처럼 웃기만 하는 월우의 바지를 벗기고 뼹을 뜯고 머리를 자르고 신발을 뺏고 화장실에 가두고. ……얼굴에 침을 뱉었어.

─아니라고!

─넌 이미 월우를 죽인 거야.

─…….

─오래전에.

주일우는 백영중의 손에 들려 있는 펜치를 뺏어 손에 쥐었다. 시선은 내내 4호 독방 쇠창살이 설치된 창문 너머에 고정되어 있었다. 한희상이 굳은 얼굴로 내부에서 벌어지는 일을 지켜봤다. 그는 4호 독방 CCTV 카메라 방향을 창가 쪽으로 돌려놓지 않은 것을 후회했다. 고스란히 찍히게 될 이 장면들을 어떻게 처리해야 할지 난감했다. 하지만 행정적인 요소에 대한 조작은 한희상에게 커다란 골칫거리가 될 수는 없었다. 진짜 부담스러운 것, 자신도 제어할 수 없을 정도로 얼굴을 일그러지게 만드는 건 주일우의 잔인함이었다. 잔인함을 위한 잔인함이 아닌 생존 세계의 밑바닥에서부터 밀고 올라오는 잔인함. 끓는 물에서 수많은 방울들이 잔잔한 표면을 휘젓고 솟구쳐 오르는 불가항력의 잔인함. 한희상은 이제껏 살아오면서 한 번도 이런 종류의 잔인함을 체험해본 적이 없다. 때문에 그런 잔인함에 어떻게 대처해야 할지도 몰랐다.

이후 백영중의 괴성이 짧지만 강력하게 터져 나왔다. 발악하는 한 남자의 비명이 폐쇄된 공간을 벗어나 층 전체에 분명한 소리의 흔적을 남겼다. 층에 남아 있는 원생 모두가 듣지 않을 수 없는 비명 소리. 한희상은 소리만 들은 것이 아니었다. 잔인함의 포로가 된 주일우의 행동을 두 눈 부릅뜨고서 고스란히 목격해야 했다.

비명을 지른 백영중이 그 자리에 주저앉았다. 두 손으로 입을 가리며 울부짖었다. 사람의 울음 같지가 않았다. 뒤늦게 한희상이 4호 독방 문을 열었다. 문을 등지고 있는 백영중의 무게 탓에 문은 쉽게 열리지 않았다. 반쯤 열린 문틈으로 한희상이 가장 먼저 바라본 건 주일우였다. 피투성이가 된 백영중의 입, 녀석의 입에서 뽑혀져 나와 바닥에 떨어진 치아는 이후 확인할 사항이었다. 한희상에겐 그랬다. 그는 펜치를 변기통 속에 내던지고 그 자리에 웅크리고 앉은 주일우를 내려다봤다. 주일우 역시 문 앞에 서 있는 한희상을 올려다봤다. 한희상은 주일우에게 아무 말도 하지 못했다. 펜치로 백영중의 앞니를 뽑아낸, 그래서 190센티미터의 거구 백영중을 도살당하는 짐승처럼 울부짖게 만든 괴물에게 그 어떤 경고도 하지 못했다. 자신을 뚫어지게 노려보는, '백영중을 이렇게 만든 건 내가 아니라 당신이야'라고 말하는 것 같은 주일우를 한희상은 단지 바라보기만 할 뿐이었다.

8

계산된 합의였을까. 백영중의 상처 치료는 다음 날 오전이 되어서야 이뤄졌다. 흐른 피가 무르고 물러 거의 정신을 잃을 지경이 되어서야 한희상은 앰뷸런스를 불렀다. 백영중은 정확히 오전 9시 30분이 되어서야 인근에 위치한 종합병원 응급실로 옮겨졌다. 한희상은 백영중의 치아가 부러진 사고를 교육실습 시간에 일어난 일로 보고했다. 응급실 의사가 지혈이 꽤 오랜 시간 계속된 것 같다는 소견을 남겼지만 별다른 참고사항은 되지 않았다. 원장은 한희상의 보고를 있는 그대로 신뢰했다. 별다른 특이사항으로 믿고 싶지도 않았다. 일을 크게 만들고 싶지 않은 기색이 역력했다. 원생들 모두 교육실습 시간에 백영중이 연장을 잘못 사용한 탓에 연장과 치아가 부딪히는 사고였다고 입을 모았다. 그 진술은 당사자 백영중까지도 예외가 아니었다.

그러한 상황 속에서 누구도 4호 독방 CCTV를 확인해보자는 말을 꺼내지 않았다. 관리자인 한희상이 확인해보자고 하지 않는 이상 CCTV 속에 담겨 있는 그 엄청난 잔인함의 실제를 확인할 수 있는 길은 어디에도 없었다.

사고가 있는 후 하룻밤이 더 지난 다음 예정대로 주일우는 4호 독방에서의 근신을 끝내고 교육실습수업에 투입되었다.

다음 날, 주일우가 돌아왔다. 간단한 소양교육과 다시는 독방 근신을 반복하지 않겠다는 단문의 반성문 한 장을 작성하곤 교실로 돌아온 것이다. 주일우의 뒤를 따라 들어온 상담 교사 조순우가 주일우의 자리를 새로 배정해주었다. 더 이상 앞자리가 아니었다. 조순우는 손가락으로 맨 뒷자리, 손환의 옆자리를 가리켰다. 주일우가 앉게 될 자리였다. 잠자코 지시를 따른 주일우의 걸음걸이를 원생들이 숨죽여 지켜봤다.

한 걸음, 한 걸음. 걸음을 옮길 때마다 주일우는 절룩거렸다. 그 걸음걸이에 담겨 있는 무언의 의미가 원생 모두를 예외 없이 긴장하게 했다. 특히 문자훈을 중심으로 형성된 일진 패거리들에게 그 긴장감은 더했다. 괴물이 바로 자신들의 옆자리에 앉는다. 녀석이 괴물이란 사실에 문자훈은 더한층 골머리를 앓아야 했다. 특유의 싸움 실력이 좋다거나 배후가 막강하다거나 하는 식의 방향을 통해서 발전된 괴물인 경우 그에 맞서는 방법도 비교적 단순하다. 괴물인 녀석보다 더 월등한 싸움 실력을 가지면 그만이다. 만약 그게 어려우면 여럿이 모여 공격하면 된다. 배후의 막강함 역시 그 배후를 넘어서는 더 큰 배후를 모색하면 되는 것 아닌가. 하지만 지금의 주일우를 괴물로 부른다면 그 괴물의 의미는 앞서 생각한 것과는 접근 방향 자체가 달랐다. 주일우에게는 더 이상의 퇴로가 보이지 않았다. 퇴로를 생각하거나 다른 빠져나갈 구멍을 궁리하려는 최소한의 의지조차 남아 있지 않았다. 백영중의 치아가 부러져 나갈 때, 녀석의 피투성이가 된 입을 발견할 때, 아이들은 모두 주일우에 대해 같은 결론을 마음속에 품게 되었다. 주일우의 행동 목표는 오직 한 가지에만 집중되었다는 사실 말이다.

주일우가 손환의 옆자리에 앉은 다음 첫 쉬는 시간이 시작되었다. 조순우를 비롯한 교정 교사들은 쉬는 시간에도 복도를 서성거리며 교실 안 아이들의 동태를 살폈다. 독방 근신에서 벗어난 주일우의 돌발 행동이 두려운 탓도 있었으며, 전날 백영중의 응급실행 이후 원생들 사이에 발생할 불의의 사고를 미연에 방지하라는 원장의 지시도 있었던 탓이다.

주일우는 내내 자리에 엎드려 있었다. 문자훈과 최누리 일행은 복도에 서 있는 교정 교사와 고개를 파묻고 엎드린 주일우를 번갈아 바라보며 화장실로 향했다. 녀석들은 결코 혼자 움직이지 않았다. 최누리는 아이들과 함께했고, 문자훈 역시 내색은 하지 않았지만 최누리가 아이들을 모아 함께 움직이는 대열에서 쉽게 벗어나지 않으려 했다.

손환은 화장실에 가지 않고 주일우의 옆을 지켰다. 고개 숙인 주일우에게서 들려오는 나지막한 신음 소리를 잠자코 듣기만 했다. 고개를 파묻은 주일우의 상체가 간헐적이나마 심하게 경련했다. 손환은 그 모습을 안타깝게 지켜봤다. 녀석은 백영중에 대해 누구보다 잘 알고 있다. 싸움 실력이나 힘, 기세 면으로 볼 때 일진의 캡틴은 사실 문자훈이 아니라 백영중이라는 것을. 그 사실은 손환뿐만 아니라 같은 패거리인 최누리, 심지어 문자훈 본인도 인정하는 바였다. 그런데 그런 백영중의 귀고막이 터지고 앞니가 두 대 이상 부러져 나갔다. 거꾸로 생각하면 백영중이 그 정도였으니 주일우에게도 그만큼의 끔찍한 충격이 있었다는 짐작 또한 충분히 가능했다. 실제로 그랬다. 주일우의 절룩거리는 발걸음도 그랬고, 이마를 동여맨 압박붕대, 무엇보다 오른 눈의 부어오름은 전날 4호 독방에서 일어났던 끔찍했던 한순간을 상상하게 했다. 불우한 상상이다. 자신의 머릿속에서 둘의 엉겨붙은 장면이 상상되자 손환의 표정이 굳어졌다.

쉬는 시간의 끝을 알리는 차임벨이 울리자 주일우가 다시 고개를 들었다. 손환이 상체를 일으킨 주일우에게 조심스럽게 무언가를 건넸다. 손바닥에 올려놓은 캡슐들이었는데, 그것을 건넨 손환은 내내 주위를 두리번거렸다. 주일우가 물었다.

—이게 뭐야?

—아무것도 묻지 말고 그냥 삼켜. 통증이 좀 가라앉을 거야.

—……

—어서. 애들 들어오기 전에 받아.

—양호실에서 구했어?

—여기가 어디라고 이런 걸 구해다줘. 너 제대로 치료도 못 받고 독방에만 있었잖아. 물 없이 그냥 삼켜도 되니까 받아. 중독성 강한 거 아니야.

—양호실에도 없다는 걸 넌 어떻게 구했어?

—지금 어디서 구했는지가 중요해?

손환의 말이 끝나기가 무섭게 복도 창문가로 문자훈 일행의 모습이 내비쳤다. 곧이어 한희상의 모습도 함께 보였다. 다급해진 손환이 주일우의 단체복 바지 주머니에 캡슐들을 찔러 넣었다. 주일우는 그런 손환의 모습을 말없이 지켜보았다.

　다시 수업 시간이 시작되었다. 교실에 들어온 한희상의 표정이 밝지 못했다. 그는 칠판에 '자습'이란 단어 한마디 적어놓고는 의자에 앉았다. 그러곤 곧 팔짱을 끼고서 눈을 감았다. 교실 안은 찬물을 끼얹은 듯 고요했다. 침 삼키는 것조차 마음 놓을 수 없을 정도의 정적이었다. 한희상의 수업인 50여 분 동안엔 끔찍한 침묵이 지속될 것이다.

　자습이란 말이 칠판에 쓰이기가 무섭게 주일우가 다시 책상에 머리를 묻었다. 머리를 묻으면서 방금 전 손환이 찔러 넣어준 캡슐들을 꺼내 바닥에 내던졌다. 놀란 손환이 다급히 몸을 숙여 시멘트 바닥에 떨어진 캡슐들을 집었다. 그 모습을 문자훈과 최누리가 잔뜩 화가 난 눈길로 노려봤다. 손환은 일진 패거리들의 눈치를 보며 캡슐들을 다시 자신의 주머니에 넣었다. 자리로 돌아온 손환은 주일우가 듣건 말건 그의 옆에서 숨죽인 목소리로 말했다.

　─이제 와서 뭘 어쩌자는 건지 모르겠어.

　─…….

　─지금이라도 그만둬. 일우 너.

　─…….

　─넌 월우하고 나 같은 애들 관심도 없었잖아.

―……

―월우는 병신이고 쌍둥이라 싫어했고, 난 같은 임대 아파트 출신이라 싫어했고. 아니야?

주일우가 고개를 들었다. 원생들은 하나같이 팔짱을 끼고 눈을 감은 한희상과 고개 숙였던 주일우의 동태를 번갈아 살피고 있었다. 고개를 든 주일우가 손환을 쳐다봤다. 화가 난 것도, 상대를 제압하려는 것도 아닌 느낌이었다. 주일우는 담담하게, 하지만 분명하게 손환에게 답했다.

―아니야.

―아니라고?

―난 싫어한 적 없어. 네가 그렇게 생각한 것뿐이야.

짧게 답한 주일우가 다시 고개를 책상에 파묻었다. 손환의 얼굴에 더한층 깊은 그늘이 내려앉았다.

10

최누리가 다리를 떨었다. 심하게 흔들었다. 평소에도 담배를 피울 때 다리를 흔드는 습관이 있었지만, 지금은 그 정도가 한층 더했다.

오후 수업의 막바지, 매 시간마다 자습의 연속이다. 수업을 진도와 교과과정에 맞춰 진행하는 이는 조순우 한 명뿐이었다. 나머지 선생들, 특히 한희상을 중심으로 별정직 공무원직을 유지하는 기술교육 관련 분야에 종사하는 교정 교사들은 수업 시간 때마다 칠판에 '자습'이란 낱말 하나만 적어놓고 아무것도 하지 않았다. 선생도, 원생들도 50분이란 시간 내내 자거나 장난치거나, 선생에게 자기네들의 사고 친 무용담을 늘어놓거나, 그도 저도 아님 핑계를 대고 화장실에 가거나 하는 일이 일상이었다.

오후 마지막 수업만 되면 문자훈으로 대표되는 일진 패거리는 하루 일과처럼 화장실행을 선택했다. 어느 선생이든 마지막 시간이란 특수성에 기대고 싶었던 모양인지 수업 시간 도중 화장실에 가는 행동을 별다르게 문제 삼지 않았다. 처음엔 최누리가, 그다음엔 문자훈, 손환, 이런 식이었는데 지금의 행렬엔 한 명, 손환이 제외되어 있었다. 문자훈은 주일우의 옆에 앉은 손환을 불러내지 않았다. 때문에 화장실 칸막이 안엔 최누리와 문자훈 둘뿐이었다.

최누리는 확실히 기가 꺾여 있는 기색이 역력했다. 내내 겁에 질린 느낌이란 걸 단정적으로 짐작한 건 문자훈이었다. 문자훈은 상대방의 검은 눈동자만 봐도 녀석이 어떤 상태인지 짐작할 수 있었다. 적어도 겁을 먹은 눈동자가 무엇인지는 더더욱 확실한 식별이 가능했다. 문자훈은 담배 연기를 조급하게 내뱉는 최누리를 경멸스럽게 쳐다보며 물었다. 다리를 덜덜 떨며 행여 밖으로 새어나갈까 싶어 연기를 손으로 휘저어대는 최누리에게.

—겁나?

—뭐?

—겁나냐고?

평소 같으면 '씨발, 겁은 무슨 겁이야, 우리가 누군데' 하며 넉살 부릴 최누리였지만 이번엔 달랐다. 문자훈의 단도직입적인 질문 앞에 엄두조차 내지 않았다. 내내 쳐다보기만 할 뿐 답하지 않는 최누리에게 문자훈이 꽤나 심각한 질문들을 연이어 건넸다.

—뭐가 그렇게 겁나는데? 주일우 그 미친 새끼가 그렇게 겁나?

—넌 안 그래?

—씨발 새끼, 그렇게 겁 많아서 지금까지 어떻게 일진이라고 설치고 다녔냐?

—이건 그런 급하고는 차원이 달라. 네 말대로 주일우 그 새끼는 미쳤어. 미친 또라이가 우리만 물려고 덤벼드는데 이걸 어떻게 하냐고?

—쫄기는.

—쪼는 게 아니라 사실을 얘기하는 거야. 사실 나 영중이가 독방 들어갈 때만 해도 시마이되는 줄 알았어. 그런데 이게 뭐야? 영중이 앞니 뽑힌 거 봤어? 이게 무슨 공포영화도 아니고.

한번 말이 터져 나오자 제어가 제대로 안 되는 모양인 듯했다. 최누리는 비좁은 화장실 칸막이 안에서 시선을 이리저리 돌려가며 말을 이었다. 말을 할 때마다 낯빛은 점점 상기되어갔다.

—그날 편의점에 가는 게 아니었어. 재수 없게 걸린 거야. 편의점 사장이 우리한테 엿 먹인 거 복수하겠다고 했을 때 그냥 사장만 잡아 족치면 될걸. 애꿏은 월우 새끼를 끌고 나와서 모든 게 엉망이 된 거잖아. 그래 맞아…… 잘못됐어. 그날 편의점에 가는 게 아니었어.

─그만해라.

─편의점에 가는 게 아니었어. 크리스마스 전날에 그러는 게 아니었어. 그냥 우리끼리 술 마시고 노는 게 나았어.

─그만하라고. 이 개새끼야!

순간 최누리가 외마디 비명을 질렀다. 최누리의 말을 더 들을 수 없었던지 칸막이 앞에 마주 보고 선 문자훈이 담배 꽁초를 녀석의 얼굴을 향해 뱉었다. 불이 붙어 있는 꽁초가 자신의 얼굴을 향하자 놀란 최누리가 두 손으로 얼굴을 가렸고, 때맞춰 문자훈이 사정없이 최누리의 뺨을 후려쳤다.

한 대 두 대, 사정 봐주지 않고 자신의 뺨을 후려치는 문자훈의 폭력 앞에 최누리의 공포는 쌓여만 갔다. 때리면 때릴수록 문자훈은 최누리의 공포에 젖은 눈빛을 보며 치를 떨었다. 할 수만 있으면 녀석의 겁에 질린 눈동자를 후비고만 싶었다.

얼마나 얻어맞았을까. 최누리의 뺨이 붉은빛을 띠며 부어올랐다. 상대에 대한 원망이 가득 담긴 울 것 같은 얼굴로 자신을 바라보는 최누리의 목을 붙잡으며 문자훈이 말했다. 숨을 고르며.

─잘 들어.

─…….

─여긴 네 말대로 장난이 아니야. 맞아. 급이 달라.

─자…… 자훈아.

─미친 개새끼가 날뛰면 힘을 모아 개새끼 때려죽일 생각을 해야지. 도망갈 생각이나 하면 바로 끝장이야. 씨발. 너나 나나 길거리에서 배운 게 그런 것 아니었어? 내가 지르지 않으면 먼

저 당해. 그거 몰라?

　─그거야 그렇지만.

　─조금만 기다려. 나도 다 생각이 있어. 이대로 당하진 않아.

　─무슨 생각?

　─너…… 각오 단단히 해.

　─너, 설마.

　─되든 안 되든 해보려고. 내일 엄마하고 같이 아빠가 면회 온다고 했어. 그때 말할 거야.

　─자훈아, 우리 그냥 사과하자.

　─뭐?

　─그리고 말하…….

　'사과'란 말이 나오기가 무섭게 문자훈이 최누리의 입을 틀어 막았다. 그러곤 핏발 가득한 눈으로 창백하게 질린 최누리를 노려보며 말했다.

　─네 말대로 그 새낀 미쳤어. 인간이 아니라고. 인간 아닌 개 새끼한테 사과는 무슨 사과야.

11

2015년 12월 24일 PM 8:00

　오늘도 어김없이 옆 건물 3층에 자리 잡은 불법 성인오락실로 향할 것이 분명한 점주는 주월우에게 마지막 당부조차 '웃음을 잃지 말라'는 말로 대신했다. 점주는 주월우의 편의점 유니폼 단추를 만지작거리며 자신의 휴머니즘을 스스로 대견하게 여겼다. 점주는 주월우가 듣건 말건 '너 같은 중증 장애인을 고용하는 나 같은 사장에게 왜 대통령 표창 같은 거 안 주나 몰라' 하는 식의 혼잣말을 늘어놓았다. 하지만 말과는 다르게 점주가 주월우를 채용한 건 특별한 휴머니즘의 발로와는 거리가 멀었다. 편의점 본사에서 장애인을 고용하면 특별 인센티브를 주겠다는 말에 현혹되어 주월우를 채용한 게 진짜 속내였다.

주월우는 일을 잘했다. 가끔 계산이 틀리거나 손님들이 몰리면 당황하기도 했지만 그래도 점주는 주월우의 성실성이 마음에 들었다. 물론 점주가 신뢰한 주월우의 성실성은 다분히 이전 아르바이트생과 추잡하게 얽힌 과거사와 비교했을 때의 경우였다. 점주는 지난번 알바생과 얽힌 구설수에 치를 떨었다. 비품실에서 물품 정리하던 고등학교를 중퇴한 여자 알바생의 젖가슴을 몇 번 주무른 게 화근이 되었다. 그 알바생의 남자친구와 그 친구란 녀석들이 떼로 몰려와 행패를 부리던 일을 떠올리기만 하면 지금도 심기가 불편해지고 가슴이 답답해졌다. 그래서일까. 점주는 주월우에게 언제, 어디서든 웃음을 잃지 말라는 당부와 이전 알바생의 남자친구 패거리들이 오면 자신에게 전화하지 말고 무조건 경찰에 신고하라는 말을 습관처럼 남기곤 했다.

점주가 자리를 비운 뒤 정확히 30분 후에 주월우의 휴대폰이 진동하기 시작했다. 진동과 함께 주월우가 통화 버튼을 누른 순간이었다. 수신자 번호를 확인했을 때 주월우는 더욱 환한 웃음을 지었는데, 전화통화는 하지 못했다. 바로 그 순간 편의점 자동문이 열렸고, 서너 명의 남자들이 무리지어 들어왔기 때문이다. 점주는 주월우에게 명령했었다. 손님이 오거나 다른 일을 할 때 전화 따윈 절대로 받지 말라고. 주월우는 일주일 전 일을 비교적 명확히 기억하고 있었다. 물건 정리를 할 때 주일우로부터 온 전화를 받았다가 점주에게 뺨을 얻어맞은 일을. 그때 일이 기억나서일까. 주월우는 점주가 없음에도 전화를 받지 않고 손님을 맞이했다. 환하게 웃으며. 굳이 그렇게까지 하지 않아도 되는데 손님들을 향해 90도 각도로 인사했다. 인사를 한 다음 주월우의 표정이 약간의 동요를 일으켰다. 최누리가 앞장서서 편의점에 들어오고 뒤이어 백영중과 문자훈, 다른 또래 녀석들 네댓 명이 떼로 들어왔다. 그들 모두 검은 모자를 깊이 눌러썼다.

그들을 발견한 주월우는 자신도 모르게 본능적으로 카운터에 있는 수화기를 집어 들었다. 그 순간 최누리가 주월우의 손을 붙잡았고, 백영중이 주먹을 휘둘러 주월우의 얼굴 정면을 강타했다. 충격을 받은 주월우가 서 있던 자리에서 한 걸음 물러났다. 최누리는 사정 봐주지 않고 자리에서 물러선 주월우에게 손짓했다. 여전히 웃는 얼굴로 최누리 앞에 다가간 주월우를 이번엔 양쪽 뺨을 돌려가며 후려쳤다. 곧바로 주월우의 코에서 검붉은 코피가 쏟아졌다. 최누리는 아직도 웃음을 잃지 않는 주월우를 아니꼬운 표정으로 흘겨보며 말했다.

─씨발, 이번에도 고자질해봐. 사장이든 경찰서든.

다른 일행들은 CCTV 렌즈를 향해 검은색 스프레이를 뿌려 댔다. 순식간에 CCTV 카메라가 검은 빛깔로 도색되었다. 그 상태에서 문자훈은 편의점 집기를 마구잡이로 부수기 시작했다. 집기를 박살내며 말했다.

— 배불뚝이 편의점 꼰대, 어디 한번 망해봐라. 조카뻘 되는 까이한테 껄떡댄 대가 단단히 치르게 해주겠어.

— 그런데 이 새끼가 미쳤나.

주월우가 끝까지 웃는 얼굴을 하고선 다시 수화기를 집을 때였다. 참다못한 백영중이 카운터 안으로 들어와 주월우의 가슴팍을 앞발차기로 내리쳤다. 주월우가 비명을 지르며 그 자리에 쓰러졌다. 백영중은 그에 만족하지 않았다. 쓰러진 주월우를 발로 짓밟았다. 짓밟힐 때마다 주월우가 비명을 질렀다. 비명을 지르면서도 입가에 미소를 거두지 않았다. 그 어색함이 백영중을 미치게 했다. 백영중이 주월우의 멱살을 잡고 일으켰다. 그러곤 말했다. 분노가 날것으로 쏟아져 나왔다. 평소 말이 많지 않은 백영중도 주월우의 웃는 얼굴을 보자 참을 수 없는 분노가 솟구치고 만 것이다.

— 아무리 병신이라지만 생각 좀 하고 살아. 여기 사장이 우리들한테 어떻게 한 줄 알아?

— ……

— 자훈이 여자친구가 여기서 알바하다가 사장한테 젖통 붙잡히고 온갖 개지랄을 다 당했어. 그걸 따졌더니 이 사장 새끼가 우릴 뭐로 고발했는지 알아? 조직폭력배 난동으로 신고하더라.

조직폭력배. 우리가 조직폭력배야?

　—그…… 그래도.

주월우가 백영중에게 멱살 잡힌 채로 말문을 열었다. 주월우의 어눌한 말 한마디가 흘러나오자 순간온수기를 바닥에 내던지던 최누리도, 아이스박스에서 아이스크림을 꺼내 발로 짓밟던 문자훈도 일제히 하던 일을 멈췄다. 주월우가 한마디 짤막하게 말했다.

　—난 일해야 돼. 난 웃어야 돼. 어, 어, 그리고 난…… 기다려야 돼. 사장님…… 기다려야 돼.

짧은 한숨을 내쉰 백영중이 웃으며 말하는 주월우의 턱을 주먹으로 후려쳤다. 턱을 가격당한 주월우가 백영중의 어깨에 머리를 파묻었다. 백영중은 주월우의 머리채를 휘어잡고서 카운터 밖으로 끌고 나왔다. 기물을 부수던 문자훈이 물었다.

　—어디로 데려가려고?

　—이 새끼, 근처 공원에 끌고 가 버릇을 고쳐놔야지 안 되겠어. 실없이 웃기만 하고.

그러자 와인병을 바닥에 내던져 박살낸 문자훈이 백영중에게 다가와 말했다.

　—내가 데리고 갈게.

　—어디로 갈 건데?

　—좋은 곳이 있어. 거기서 아예 반쯤 죽여놓는 거야. 따지고 보면 이 새끼 때문에 사장이 더 기고만장해져서 우릴 우습게 보는 것 같아. 아예 진짜 병신 만들어 편의점 못 나오게 만들어야

겠어.

—알았어.

주월우는 끝까지 웃음을 놓지 않았다. 문자훈에게 머리채를 붙잡혀도 상태는 여전했다. 하지만 얼굴만 웃고 있을 뿐 그의 마음은 전쟁 중이었다. 앞으로 어떻게 해야 할지 계산조차 서지 않았다. 경찰에 신고해야 할지, 바로 맞은편 건물 3층에 있는 불법 성인오락실로 찾아가 점주에게 도움을 청해야 할지 쉽게 판단할 수 없었다. 주월우는 단지 휴대폰이 들어 있는 바지 주머니를 의식했다. 통화 종료 버튼을 누르지 않은 상태라 휴대폰은 계속 켜져 있을 것이었다. 주월우의 열린 휴대폰 너머로 수신자의 간절한 외침이 들려왔다.

12

—커피?

—아니요.

주일우가 실내를 둘러봤다. 상담실은 주일우가 하루의 대부분을 보내는 숙소나 교실과는 다른 분위기였다. 어딘가 모르게 아늑함을 주었는데, 한참을 둘러보고 나서야 주일우는 그 아늑함이 공간이 주는 따뜻함이라기보단 짙으면서도 싫지 않은 향기 탓이라고 생각했다. 방 안 가득 오래전부터 스며든 기운과 같은 향기. 교실과 숙소에선 느끼지 못했다. 그곳에 가득 들어찬 남자들의 고유한 냄새에 파묻혔을 때는 이런 형태의 아늑함을 실감할 수 없었다. 커피포트에서 끓이는 커피 향까지 더해지자 내내 곤두섰던 주일우의 마음이 차분히 가라앉는 느낌이었다.

—그럼…….

조순우가 직접 불을 붙인 담배를 주일우에게 건네며 말했다.

—피울래?

불이 붙은 담배를 주일우가 물끄러미 바라보았다. 조순우가 부드러운 음성으로 말했다.

—괜찮아. 피워.

—안 피워요.

—그래…….

조순우가 문득 주일우가 바라보고 있는 곳을 바라봤다. 고개를 우측으로 돌리자 회전식 옷걸이가 보였는데, 주일우가 내내 보고 있던 건 클리닝 보호비닐에 쌓여 있는 산타 할아버지 복장이었다. 주일우와 함께 산타복을 바라보던 조순우가 말했다.

—작년까지는 12월 내내 저 옷을 입고 임대 아파트 아이들을 찾아가곤 했다. 그렇지만 이젠 더 쓸 수 없게 됐어.

—왜요?

—그 애들 볼 면목이 없어서.

낮게 가라앉은 목소리로 말한 조순우가 다시 주일우를 바라봤다. 조순우의 흔들리는 눈빛과 마주치자 주일우는 이내 그로부터 시선을 피했다. 힘겨워 보이는 눈빛이었다. 시선을 피한 채 주일우는 화제를 돌리고 싶었다.

―그런데 왜 지금이에요?

　―응?

　―상담 시간은 오후 5시로 알고 있는데요.

　틀린 말이 아니었다. 저녁을 먹고 취침 보고를 준비해야 할 시간대인 저녁 8시에 주일우를 호출했다. 물론 명분은 명확했다. 이곳에서 조순우의 정식 명칭은 상담 교사다. 주간마다 정기적으로 원생들을 면담해 그들의 현재 상태를 점검하고 소년원을 퇴소했을 때 어떻게 살아갈지를 고민하고 자신들이 저지른 행동에 대한 반성 여부까지 점검하는, 어떻게 보면 소년원 역할 중 가장 중요한 일이라고 볼 수 있다.

　조순우의 상담은 개별 상담 위주였으며, 상담 시간은 특별한 예외가 없는 한 기술수업이 끝난 오후 5시경에 이뤄졌다. 그런데 말 그대로 주일우는 예외가 되었다. 저녁식사 후 조순우는 주일우를 호출했다. 주일우가 상담실 안으로 들어왔을 때 조순우는 CCTV의 방향을 벽 쪽으로 돌렸고, 상담 테이블에 내장 설치된 보이스레코더의 전원도 껐다. 상담실 안으로 들어왔을 때 주일우가 살핀 내부 상황은 그랬다. 주일우가 CCTV 카메라 방향이 돌아가 있는 것을 눈으로 확인하자 조순우가 그에 대한 답을 해주었다.

　―방해받고 싶지 않아서.

　―무슨 말씀이세요?

　―여길 봐라.

　조순우가 상담일지 서식용지를 주일우가 앉아 있는 자리로 밀었다. 언뜻 살펴본 상담일지는 이미 공란이 빼곡한 글씨들로 메워져 있었다. 정갈하고 세련된 문체가 돋보였는데, 무슨 내용이 적혔는지는 확인할 수 없었다. 조순우가 말했다.

—너와 나, 한 주에 한 번씩은 좋으나 싫으나 이곳에서 한 시간은 함께 보내야 한다.

—그래서요?

—난 이 한 시간을 의미 없게 쓰고 싶지 않아. 형식적인 질문이나 던지고 형식적으로 상담일지나 적으며, 그렇게 쓰고 싶지 않다고.

—어떻게 보내고 싶은데요?

—일단…… 할머니 일에 대해 애도의 말부터 하고 싶구나.

조순우가 주일우 할머니에 대한 말을 건넬 때였다. 그는 조심스럽게 녀석의 표정을 살폈다. 주일우는 조순우를 뚫어지게 바라보고 있었다. 할머니의 죽음을 알고 있는 사람은 많지 않았다. 가까운 친척이 있는 것도 아니고, 누구 한 명 임대 아파트에 살던 노인의 죽음을 의미 있게 기억하지 않았다. 구청 사회복지과에서 나온 직원 몇이 할머니의 죽음에 대한 사후 처리를 의논하자고 한 게 전부였다. 그렇게 할머니의 시신은 제대로 된 장례 절차조차 생략한 채 화장장으로 넘어갔다. 그때 일을 기억하자 주일우는 괜스레 머리가 지끈거렸다. 조순우는 '내친김에'라는 심사로 말을 이어나갔다.

—월우 때도 그랬지만 할머니 장례만큼은 제대로 치러드리고 싶었어. 빈민가 사람들 재활을 돕는다며 설치고 다닌 나로선

정말 할 말이 없다.

　─선생님이 자책하실 일은 아닌 것 같은데요.

　주일우의 말은 냉소도, 위로도 아니었다. 사실 그대로를 말한
것이다. 주일우 역시 조순우와 몇 번 되지는 않지만 얼굴을 마주
한 적이 있다. 소외지역 불우이웃 돕기나 자퇴 청소년들의 자활
과 자립을 돕는 일, 더 나아가 장애인들의 자립을 돕는 복지사업
에 직간접적으로 참여하는 조순우의 활동은 주일우가 살고 있
던 임대 아파트에서도 발견되곤 했다. 하지만 그런 것으로 뭐가
달라질 수 있을까. 연말에 라면 한 박스 가져다주고 연탄 몇 장
돌리는 일로 어떤 변화를 기대할 수 있을까. 주일우의 솔직한 말
에 조순우의 마음은 더욱 무거워졌다. 조순우는 빠른 속도로 담
배를 피워나갔다. 그렇게 피워 없앤 꽁초를 재떨이에 비벼 끌 때
였다. 이번에는 주일우가 먼저 말문을 열었다.

　─선생님.

　─응?

　─돌려 말하지 말고 본론으로 들어가세요.

　─본론?

　─상담일지까지 미리 적어놓고 이 늦은 시간에 저를 부른 건
뭔가 하실 말씀이 있는 거 아닌가요?

　─맞아…… 그래.

　─괜찮다면 제가 대신 말해도 될까요? 선생님이 저한테 하고
싶은 말이 뭔지?

　─……?

—제가 언제쯤 문자훈 패거리 잡는 걸 멈출 건지 묻고 싶으신 거죠?

—…….

—한 가지 더 당부하고 싶으시겠죠. 지금이라도 그만둘 수 있냐고.

—일우야.

—대답해도 돼요?

—…….

—말할게요. 전 멈추지 않아요. 그만두지도 않고요. 끝을 볼 거예요.

—끝이라면 어디까지를 말하는 거야?

—월우가 당했던 것만큼 똑같이요.

조순우는 섬뜩한 생각이 밀려들어 자신도 모르게 고개를 가로저었다. 말을 끝낸 주일우가 입을 다물고 조순우를 바라봤다. 어려웠다. 이렇게 말하는 자신이 후회되기도 했다. 왜냐하면 조순우에게 말한 자신의 고백이 거짓이나 허세가 아닌 속마음 그대로였기 때문이다. 어느 것 하나 위장하지 않은 더하지도 덜하지도 않은 진실. 착잡한 표정의 조순우. 그의 눈빛을 보며 주일우의 머릿속에선 자문과 자답이 교차했다. 임대 아파트 주민들을 나름 열심히 찾아다니며 라면 박스며 생필품을 갖다주던 조순우가 다음과 같이 자신에게 묻는 것 같았다. '네가 평소에 월우에게 잘했다면 이렇게까진 되진 않았을 거 아니냐.' '월우에게 조금이라도 관심만 있었다면, 그랬다면 월우가 얼마나 힘들어하는지 알았을 거 아니냐'라는 질문들. 그 질문들이 주일우의 마음속 깊은 곳에서 파문을 일으켰다. 주일우에겐 지금 이 모든 것이 벅차고 힘들었다. 할 수만 있으면 모든 걸 정리하고 싶었다. 끝을 보고 싶었다. 하지만 그건 단지 주일우의 기대일 뿐이다. 주월우의 창백하게 부은 얼굴을, 차가운 물탱크 속에서 마지막 크리스마스를 보낸, 언제나 어느 상황에서도 바보같이 웃기만 하던 주월우의 얼굴이 자신의 기억 속에서 사라지지 않는 이상 주일우는 결코 끝을 볼 수 없을 거란 절망 가득한 집착에 사로잡혔다. 그래서 아무것도 끝낼 수 없는 것이다. 월우를 지옥의 고통 속에 밀어 넣은 인간들을 월우가 들어갔던 지옥 속으로 함께 밀어 넣지 않는 이상 끝은 없는 것이다. 그런 심정이 자신의 모든 의지를 사로잡자 주일우의 몸속으로 견디기 힘든 한기가 매섭게 파고들었다.

자신을 서글픈 눈빛으로 쳐다보는 주일우에게 조순우가 입을 열었다. 더없이 진지하고 냉정한 표정이었다.

—정말 너…… 문자훈하고 백영중, 그 애들이 월우 죽인 사건을 덮으려고 대신 다른 사고를 쳐 소년원에 들어왔다고 생각하는 거야?

—생각하는 게 아니라 그게 정답이에요.

—어째서?

—그 패거리들, 어떻게 보호관찰 3호 처분받은지 잘 아시잖아요.

주일우는 그 사건을 시시콜콜하게 설명하고 싶지 않았다. 원생들의 죄목에 대해선 상담 교사인 조순우가 더 잘 알고 있기 때문이다. 문자훈, 백영중, 최누리 그리고 손환까지. 소위 일진으로 알려진 이들이 한날 동시에 보호관찰 처분을 받고 소년원에 송치되게 된 이유는 단순했다. 기물 파손과 일반인 폭행. TV 사회면 기사에도 잠깐 언급될 정도로 특이한 사건이었던 그들의 기물 파손과 폭행이 벌어진 장소는 신촌역 한복판이었고, 폭행 이유는 별다를 게 없었다. 그들은 '단지 심심해서'라고 범행 이유를 밝혔다. 그들의 범행 이유에 대해 생각에 잠긴 조순우에게 주일우가 계속해서 말을 이었다.

 ─신촌역 맥도날드에서 기물을 파괴하고 아르바이트생을 두들겨 팼어요. 맥도날드 옆엔 바로 지구대 경찰서가 있고요. 난동 일으킨 지 5분도 안 돼 경찰들이 총출동했어요. 원래 그곳은 젊은이들이 자주 다니는 곳이라 특별관리지역이에요. 사고가 일어나면 10분도 안 돼 경찰 수십 명은 우습게 몰려오는 곳이죠.

 ─…….

 ─그날은 우리 집으로 경찰들이 찾아온 날이었어요. 기자들 몇도 찾아왔죠. 경찰과 기자들은 월우의 사건을 다시 한번 조사해보고 싶다고 했어요. 혐의도, 용의자 윤곽도 파악하고 있다고 했어요. 그런데 그게 어떻게 된 줄 아세요?

 ─계속해.

 ─문자훈과 일진 패거리들이 소년원 보호관찰행을 처분받게 되자 더 이상 수사하지 않겠다는 거였어요. 문자훈 아버지가 누군지는 알고 계시죠?

문자훈 아버지에 대해 입을 열자 조순우는 다시 한번 고개를 가로저으며 말했다.

—일우야, 지나친 억측은 금물이야. 자훈이 아버지가 공직에 계시다고 함부로 경찰 수사를 접어라 마라 좌우할 순 없어.

—상관없어요. 문자훈 아버지가 어떻게 했든 안 했든. 중요한 건 그 패거리들이 일부러 경찰서 바로 옆에서 말도 안 되는 일을 벌려 소년원으로 들어왔단 사실이에요. 그 뻔뻔스런 개새끼들의 눈에 보이는 행동 앞에서 내가 할 수 있는 건 끝을 보는 것, 그거 하나예요.

—그래서 주일우…… 너도 똑같은 방법으로 이곳에 들어온 거야?

—…….

—같은 방법으로 종로 한복판에서 기물 파손하고 대학생 형을 두들겨 패서 들어온 거냐고? 그래서 너도 저 애들과 똑같은 쓰레기가 되겠다는 거야?

조순우마저 흥분을 가라앉히지 못했다. 주일우의 행동과 선택에 있어서 그 어떤 예외도 발견할 수 없었기 때문이다. 그것이 조순우를 두렵게 했다. 예외가 없으므로 결과 역시 주일우가 설정해놓은 상황으로 끌고 갈 것이기에. 그 끝을 예측한다는 게 너무나 확연했으므로 조순우는 주일우에게 경고하고 싶었다.

하지만 지금의 주일우에겐 때늦은 감이 있었다. 주일우의 굳은 얼굴을 보는 순간 조순우는 더 이상의 설득이 불가능하다는 사실을 긍정해야 했다. 이미 번복이 불가한 차가움으로 무장된 주일우의 눈빛은 물탱크 속에 빠져, 그 숨 막히는 고통을 그대로 견뎌야 했던 주월우의 창백함과 동일했기 때문이다.

어느덧 한 시간이 훌쩍 지나가버렸다. 저녁 9시가 다 되어갔다. 조순우는 짧은 한숨을 쉬고는 말문을 닫아버렸다. 주일우는 고개 숙인 채로 조순우의 말이 있기만을 기다렸다. 상담은 끝났다는 말.

잠시 후 조순우가 말문을 열었다. 주일우의 예상과는 다른 말이었다. 조순우는 열쇠 한 개를 주일우의 자리 위에 놓으며 다음과 같이 말했다.

—비품실에 가서 세탁물 좀 수거해 와.

—예?

—원생들 단복 세탁해놓은 게 있을 거야. 그거 수거해 숙소로 가져가. 열쇠는 잠시 후 취침 점호할 때 찾아갈게.

의외의 명령이었지만 주일우는 별말 없이 열쇠를 집어 들었다.

13

주일우가 박스 커버를 열고 세탁물을 향해 손을 뻗을 때였다. 벽에서 소리가 들렸다. 사람 소리, 비명에 가까운 규칙적인 탄성, 숨소리 같기도, 울음소리 같기도 했다.

세제 냄새가 깊이 배어 있는 원생들의 단복을 잡히는 대로 손에 집어 박스에서 끄집어내는 내내 그 소리가 주일우의 귓가에서 떠나지 않고 맴돌았다. 세탁물을 바구니에 모두 담은 후 주일우는 곧바로 비품실 밖으로 나가지 않았다. 대신 소리가 나는 벽으로 조심스럽게 다가갔다. 소리가 들리는 우측 벽엔 세탁실이 면해 있고, 세탁실 옆은 독방 공간으로 연결되었다. 벽에 귀를 대고 소리를 듣던 주일우는 그 순간 끔찍한 실감에 사로잡혔다.

며칠 전 독방에 갇혔을 때 들었던 소리와 거의 동일한 소리였다. 그 소리는 주일우로 하여금 임대 아파트의 좁은 방을 떠올리게 했다. 불가항력처럼 나타난 임대 아파트의 좁은 방, 낡고 오래된, 퀴퀴한 냄새가 가시지 않는 카펫 위에 주일우에게 등을 보이고 누워 있는 주월우의 신음 소리. 우는 것도, 특별한 통증을 호소하는 것도 아니지만 끊길 듯 끊어지지 않고 이어지는 나지막한 소리였다.

소리를 듣는 내내 주일우는 치솟는 화를 견딜 수 없었다. 주월우를 흔들어 깨워 '어디가 아프냐'고, '왜 자꾸 그딴 소릴 내느냐'고 다그치고 캐물어도 월우는 배시시 웃기만 했다. 그랬기에, 명확한 말을 영원히 유예할 것만 같았기에 주일우는 답답하기만 했다. 묻고 또 물어도 답해주지 않는 월우의 답답함에 지겨움과 환멸을 느꼈었지만 지금은 그 소리가 더한 끔찍함으로 환원되어 주일우의 신경을 날카롭게 자극했다. 이제 주월우는 없다. 그런데 소리의 망령이 다시 재생되었다. 소리를 듣던 주일우는 한 가지 사실만큼은 확실히 알 수 있었다. 지금이 지옥이라고. 저 소리가 사라지지 않는 한 언제까지라도 지옥은 계속 된다고.

　2분 정도 지났을까. 소리가 가라앉았다. 소리가 사라진 후 '덜 컥' 하는 문 소리가 들렸다. 세탁실 문이 열렸을 때, 주일우의 몸 도 기민하게 반응했다. 비품실 문가로 다가가 아주 작은, 주먹 하나 들고 나갈 정도의 틈을 열고 세탁실 밖으로 새어나온 소리 의 주인공들을 확인하고자 했다.

　먼저 밖으로 나가는 한 명이 주일우의 눈에 보였다. 그의 뒷모 습은 주일우의 눈에 제대로 목격되지 않았다. 빠른 걸음으로 모 습을 감춘 남자 다음으로 다른 한 명이 걸어 나왔다. 결코 빠른 걸음걸이가 아니었다. 약간 절룩이는 느린 걸음으로 복도를 걸 어가는 이는 손환이었다. 주일우는 뒷모습만으로도 그가 손환 임을 알아볼 수 있었다. 왜소한 체구에 좁은 어깨, 약간 구부정 한 걸음걸이만으로도 녀석이란 확신이 들었던 것이다. 손환의 손엔 담배 몇 갑과 수업 시간에 주일우에게 건넨 약봉지가 쥐어 져 있었다.

　손환이 복도 끝, 원생 숙소로 모습을 감춘 뒤였다. 이후 비품 실을 나온 주일우가 조심스럽게 세탁실 문을 열었다. 대형 세탁 기, 대걸레, 고장 난 의자, 세탁용 세제 따위가 무질서하게 쌓여 있는 공간 앞에 선 주일우는 방금 전 이곳에서 어떤 일이 벌어졌 는지를 떠올리고 싶지 않았다. 아마 누구라도 그럴 것이다.

14

손환이 조심스럽게 문을 열고 숙소 안으로 들어갔다. 어느새 취침 점호를 마친 시간, 불 꺼진 숙소엔 원생들이 잠들지 않고 자리에 앉아 있었다. 최누리와 문자훈은 창가 달빛이 비치는 자리에 등을 기대고 앉아 손환의 복귀를 기다렸다. 친구를 걱정하는 마음과는 차원이 달랐다. 자리에서 일어선 최누리가 주머니에 손을 찔러 넣으며 돌아온 손환에게 최대한 불량스럽게 말을 던졌다. 건넨 그 한마디만으로 이들이 무슨 이유로 잠들지 않고 기다리고 있었는지 짐작할 수 있었다.

— 왜 이렇게 늦게 기어와. 좆만아.

— 화장실 들렀어.

— 왜? 오늘도 피똥 쌌냐?

— 응.

— 씨발 새끼. 몇 번 했으면 적응할 때도 됐잖아. 선생 새끼 자지는 뭐 다른 놈들 자지하고 달라 똥꼬 속에 잘 안 박히든? 이 좆 같은 호모 새끼야.

최누리의 말에 손환이 말없이 녀석을 바라보았다. 보기에 따라선 노려보는 것으로 보일 수도 있었다. 손환의 눈빛을 의식한 최누리가 주춤했다. 주춤했지만 잠들지 않고 자신을 슬금슬금 훔쳐보는 원생들의 시선을 의식하며 더욱 언성을 높여 말했다.

— 그건 그렇고, 오늘 받아온 거나 까봐.

최누리의 말이 끝나기도 전에 손환이 숙소 바닥에 갖가지 물건들을 내려놓았다. 담배 몇 갑과 진해 거담제 성분이 담겨 있는 약이 봉지째 바닥에 떨어졌다. 최누리는 그것들의 수량을 손으로 헤아리며 말했다.

—이 새끼, 화장실에 꼬불쳐놓고 온 거 아냐. 왜 이것밖에 안 돼? 저번엔 지금보다 몇 갑 더 얹어주고 그랬잖아.

—몰라. 내가 그걸 어떻게 알아. 난 주는 대로 받아온 것뿐이야.

—그런데 이 개새끼가.

—그만해라.

최누리가 손을 들어 손환의 뺨을 올려붙일 순간이었다. 창가에 기대어 머리를 뒤로 젖힌 채 생각에 잠겨 있던 문자훈이 최누리의 설레발을 제지했다. 그러곤 손환을 노려봤다. 손환은 확실히 지쳐 보였다. 걸음걸이에서도 지친 흔적이 역력했다. 육체적 통증도 통증이었지만 무엇보다 손환의 현재 정신 상태는 완벽한 패닉이었다. 보름, 빠르면 한 주에 한 번, 이런 식의 액막이를 하지 않으면 아이들에게 담배를 상납할 수도, 자신을 유린하는 선생에게 보호받을 수도 없다. 이런 현실이 손환은 죽기보다 싫었다. 그래서일까. 일진의 캡틴으로 볼 수 있는 문자훈이 노려보는 순간 손환은 원망 섞인 눈길로 대응하고 말았다. 노려보는 것은 그야말로 찰나였다. 손환에게 문자훈은 언제나 두려움의 대상이었으니까. 자신이 괴롭힘을 당하던 당사자에서 일진의 패밀리—그들은 함께 어울리는 패거리들을 그렇게 부른다—가 된 후에도 문자훈에 대한 두려움만큼은 여전했다.

순간적이나마 문자훈을 노려본 손환이 서둘러 고개를 돌렸지

만, 이미 때는 늦었다. 자리에서 일어선 문자훈이 자신 앞에 거
치적거리게 앉아 있는 원생 한 명의 머리를 발로 내리쳤다. 원생
의 짧지만 강한 비명 소리가 들려왔다. 그 비명 소리가 섬뜩함의
시작을 알리는 일종의 신호탄 역할을 했다. 손환이 뒤로 물러섰
다. 그 틈을 타 최누리가 담배와 약봉지를 챙겼다. 담배 몇 갑을
같은 숙소 원생들에게 나눠줬다. 일종의 분배 행위, 채찍과 함께
주어지는 당근 같은 것이었다. 담배를 받아든 원생들은 한쪽 구
석에 몰려 받은 담배의 재분배를 시작했다. 문자훈이 손환을 어
떻게 다루든 더 이상 그들의 관심사가 될 수 없었다.

난간 바닥으로 내려온 문자훈이 아무 말 없이 손환에게 다가
왔다. 손환은 자신도 모르게 뒷걸음질 쳤다. 그러다 보니 어느새
등이 벽에 닿고 말았다. 동작을 멈춘 손환 앞에 문자훈이 다가
왔다. 문자훈은 비교적 부드러운 음성으로 물었다. 하지만 손환
은 문자훈의 나긋나긋한 음성이 더 끔찍했다. 손환은 너무나 잘
알고 있었다. 문자훈이 상대를 짓이길 때 얼마나 부드러운 목소
리로 이야기하는지 말이다. 친구들의 주머니를 털 때에도, 거리
를 돌아다니는 여자애들을 추행할 때에도 거의 예외가 없었다.
지금도 마찬가지일 것이라고 생각하자 손환은 어떻게든 상황을
모면하고 싶었다. 문자훈이 물었다.

— 힘들어?

— 아…… 아니야. 괜찮아.

— 괜찮긴. 힘든 것 같은데.

— 정말 괜찮아.

—내 옛날이야기 하나 들려줄까?

—괜찮다니까.

—중학교 1학년 때였어.

자신의 중학교 이야기를 시작하며 문자훈이 손환의 머리를 붙잡았다. 그러곤 숙소 난간 위에 강제로 엎드리게 만들었다. 손환이 발버둥 쳤지만, 이미 몸에 남아 있는 기운이 없었기에 무기력했다. 그대로 숙소 바닥에 머리를 박고 쓰러졌다. 문자훈의 돌발 행동을 지켜본 최누리도 손환에게 달려들었다. 문자훈이 누르고 있던 손환의 목덜미를 최누리가 자신의 무릎으로 찍어 눌렀다. 손환이 두 팔을 허우적거리며 괴로워했다. 문자훈이 말을 이었다.

—그때 난 말이야. 너희들이 사는 임대 아파트 앞을 지나가다가 그곳에 사는 고등학생 형들에게 잡혀 아파트 지하로 끌려갔어.

—하지 마!

문자훈이 손환의 바지를 벗겼다. 바지를 벗길 때 팬티도 함께 벗겨져 그대로 손환의 왜소한 엉덩이가 속살을 드러냈다. 손환이 발버둥 치려 하자 문자훈이 발로 손환의 사타구니 사이를 내리쳤다. 손환이 짧은 비명을 내질렀다. 최누리가 손환의 입을 틀어막았다.

—난 가진 돈 모두 주며 살려달라고 했어. 그런데 그 개새끼들이 이렇게 말하더라. 너희들같이 돈만 아는 새끼들은 입만 열면 돈, 돈 한다고. 돈 걸레를 물었다고. 그러더니 이 개새끼들, 내

바지를 벗기더니 씨발, 딸딸이를 시키는 거야.

중학교 때 일만 생각하면 문자훈은 통제력을 상실하곤 했다. 지금도 마찬가지다. 자신을 원망하는 눈빛을 보인 손환이 임대 아파트촌에 산다는 점은 문자훈에게 두고두고 지난날의 악몽을 떠올리게 만드는 독소였다. 그 독소를 제 머릿속에서 완전히 뿌리 뽑기 위해 문자훈은 더한층 악랄하게 행동해야만 했다.

잠시 손환에게서 멀어졌던 문자훈이 오른손에 휴지 한 뭉치를 잔뜩 쥐고 돌아왔다. 물에 젖어 있거나 지저분한 것들이 곳곳에 어지럽게 묻어 있는 휴지였다. 문자훈은 변기 속이나 그 옆 휴지통에서 원생들이 밑을 닦다 버린 휴지들을 갖고 와 그것을 손환의 입 속에 밀어 넣었다. 최누리가 손환의 입을 강제로 벌렸고, 문자훈은 마른침을 삼키며 단숨에 손환의 입안 가득 오물이 묻은 휴지 뭉치를 욱여넣었다. 손환이 비명을 질렀지만 휴지 뭉치가 입안을 가득 채운 탓에 어떤 소리도 새어나오지 않았다. 가느다란 신음 소리만 입 밖으로 새어나올 뿐이었다. 손환의 눈에 비친 다른 원생들은 담배를 나눠 갖는 데만 정신이 팔려 있었다.

—너희 같은 새끼들, 무식하고 돈도 없는 새끼들이 나한테 한 걸 생각하면 지금도 잠이 안 와. 하지만 난 너한테 기회는 주잖아. 빽도, 뭣도, 좆도 아무것도 없는 새끼한테 기회를 주기 위해 내가 어떻게 살아남았는지 알아!

—으으으…….

문자훈의 손가락이 손환의 통통 부은 엉덩이 속으로 파고들었다. 피비린내 가득한 손환의 속살을 주무르는 문자훈의 눈빛엔 서글픈 살기가 배어 있었다. 분명한 대상을 찾을 수 없는 막연한 복수심으로 점철된 살기였다.

— 난 내가 대주는 것도 모자라 내 까이까지 상납했어. 일진이 될 수만 있다면 뭐든 했어. 날 무시하고 짓밟은, 가진 것 없이 콤플렉스만 가득한 그 개새끼들한테 세 배, 네 배로 갚아주기 위해 이를 악물었다고. 넌 그에 비하면 너무 편하잖아. 그렇잖아. 그런데 새끼야, 네가 이러면 곤란하지. 겨우 이 정도 가지고 날 형편없는 쓰레기 쳐다보듯 꼴아보는 거, 네가 생각해도 너무하지 않아? 응? 응!

— 으ㅎㅎ…….

최누리조차 눈을 감아버렸다. 문자훈의 손가락 마디마디에 손환의 항문에서 흘러나온 피가 묻어 나왔다. 손환은 실신할 것 같은 고통을 느끼며 괴로워했다. 콧물과 눈물이 흘러내렸다. 담배를 모두 나눠 가진 원생들이 문자훈의 만행을 잠자코 지켜봤다. 익숙한 게임 속 한 장면을 대하는 표정이었다.

— 넌 이미 같은 배를 탔어. 그러니깐 경고하는데 다신 그딴 눈길로 꼴아보지 마. 알았어?

— 으으으.

— 알아들었으면 고개라도 끄덕여. 안 그럼 이번엔 손가락 세 개야.

— 으으으윽!

손환이 필사적으로 고개를 끄덕였다. 고개를 끄덕일 때마다 손환의 턱이 숙소 바닥과 강하게 부딪히는 통에 한밤중에 못 박는 소리가 들리는 느낌이었다. 30여 초 동안 손환의 행동은 반복되었고 그제야 문자훈은 녀석의 항문에서 손가락을 빼냈다. 손에 묻은 피를 손환의 바지에 대충 닦아낸 다음 자리로 돌아갔다. 문자훈의 행동이 끝난 것을 확인한 최누리도 곧이어 손환으로부터 벗어났다. 손환은 그 후로도 오랜 시간 그 자세를 그대로 유지했다. 바지와 팬티를 끌어 올릴 엄두조차 내지 못했다. 손환은 원생들을 쳐다봤다. 원생들은 무표정했다. 물끄러미 손환을 쳐다보기만 할 뿐 아무런 답이나 반응을 보이지 않았다. 그들의 얼굴엔 '이건 너희들끼리 해결할 문제야'라는 무책임한 무관심만 남아 있는 것 같았다.

15

다음 날 교육실습 시간, 주일우가 자신 옆에 앉은 손환을 쳐다봤다. 수업 시간 내내 그랬다. 손환은 주일우가 자신을 보고 있음을 알면서도 부러 시선을 무시했다. 수업 시간 내내 주일우가 뭔가 말을 걸어보려 했지만 그럴 때마다 손환은 주일우와 말을 섞지 않기 위해 딴짓을 했다. 실습을 위해 전기인두를 손에 쥐어보거나 생전 하지도 않은 노트 필기를 하기도 했다. 그렇게 3교시까지 지나갔다. 쉬는 시간을 알리는 차임벨 소리가 들리기가 무섭게 손환은 자리에서 일어나 화장실로 갔다. 그러곤 화장실 칸막이에 틀어박혀 10분 동안 꼼짝도 하지 않다가 정확히 10분

쉬는 시간을 모두 사용한 후 교실로 돌아오곤 했다. 점심시간도 마찬가지였다.

참다못한 주일우가 일방적으로 손환에게 말을 붙였다. 오후 한희상의 수업 시간일 때였다. 칠판엔 언제나 그랬듯 '자습'이 적혀 있었고, 한희상은 식사 후 식곤증을 견디지 못했는지 코까지 골며 깊은 잠에 빠져 있었다.

손환은 평소의 주일우처럼 고개를 책상에 파묻고 있었다. 그런 손환에게 주일우가 나지막한 목소리로 말했다. 손환이 자신의 말을 듣고 반응할지 여부에 관심을 갖지 않았다. 주일우는 혼잣말을 하듯 말문을 열었다.

— 그런 짓까지 해서 피우는 담배가 그렇게 맛있어?

— ······.

— 어제 세탁실에서 있던 일······ 다 봤어.

'세탁실'이란 말이 나오자 손환의 상체가 움찔거렸다. 손환은 잠을 자지 않았다. 잠을 잘 수 없다는 게 보다 정확한 표현일 것이다. 온몸에서 배어나오는 끔찍한 통증이 시시각각 손환의 오감을 자극해 한순간도 편하게 앉아 있을 수 없었다. 양호실조차 제대로 출입할 수 없는 상황에서 손환은 어제 받은 상납의 대가인 진해 거담제만 입속에 털어 넣었다. 정신은 더없이 몽롱했지만 그렇다고 생살을 찢는 것 같은 통증이 가라앉은 것도 아니어서 미칠 것 같은 시간이 계속되고 있었다. 그러던 중 주일우가 건넨 '세탁실'이란 말을 듣는 순간 몽롱했던 의식이 찬물을 끼

없듯 투명해졌다.

주일우의 말을 듣자 손환이 서서히 고개를 들었다. 힘들게 주일우와 눈을 마주친 손환의 눈빛을 가만히 살핀 주일우가 한심하다는 표정으로 말을 이었다.

―약도 얻었냐?

―······.

―왜 못 벗어나? 벗어나기 싫은 거야? 못 하는 거야?

―······.

―그렇게라도 해서 일진 소릴 듣고 싶어? 문자훈 쓰레기들하고 어울려서 소년원까지 따라 들어와 얻는 게 도대체 뭔데?

―······.

―비겁하고 나약한 새끼.

―넌 안 비겁해?

―뭐?

손환의 입술이 떨렸다. 주일우와 눈이 마주칠 때마다 심장이 얼어붙는 느낌이었다. 주일우가 무섭고 겁나기 때문만은 아니었다. 주일우를 볼 때마다 주월우가 생각났기 때문에, 주월우에게 벌어진 모든 일이 머릿속을 스멀스멀 뱀처럼 휘감고 돌아 조여들었기 때문이다. 주일우가 경직된 얼굴로 물었다.

―내가 비겁하다고?

―너도 월우를 죽였어.

―무슨 소리야?

―넌 지금 월우를 죽였다는 죄책감을 잊기 위해 복수만 생각

하는 거야. 아니야?

─개소리 집어치워.

─넌 그날…… 월우와 했던 약속을 지키지 않았어. 전화도 받지 않았어.

─너…….

─그날 낮에…… 맥도날드 기억 안 나?

─네가 그걸 어떻게 알아?

─같이 있었으니까.

─…….

─네가 전화만 받았어도 상황은 달라졌을 거야.

─달라졌다고? 어떻게?

─적어도 월우를 지켜줄 순 있었겠지. 월우가 무슨 고민이 있는지, 무슨 생각을 하는지 정도는 알았을 거야. 그럼 상황이 어떻게 변할진 아무도 모르는 거야.

─월우는 내가 물어도 웃기만 했어. 아무 말도 하지 않았어.

─월우가 왜 그랬는지 생각해봤어?

─뭐?

─월우는 가족들이 자기를 걱정하는 게 무섭다고 했어. 자기를 걱정하는 사람마다 떠났다고 했어. 아빠도, 엄마도, 일우 너도 떠날 것 같다고 그랬어.

─…….

─그런 것도 모르면서 이제와 복수한다고? 네가 과연 그럴 자격 있어?

말을 하는 내내 손환의 고개가 점점 숙여졌다. 주일우의 눈을 똑바로 볼 자신이 없어서였다. 그렇게 말을 꺼낸 자신도 주월우를 지켜주지 못했다. 지켜주기는커녕 주월우를 폭행한 일진들과 어울린 공범자란 자책이 손환의 고개를 절로 숙이게 만들었다.

주일우는 손환의 말을 들으며 주월우와의 마지막 대화를 떠올렸다. 우리가 무슨 대화를 나눴던가? 아니, 월우와 대화란 걸 한 적이 있었던가? 그날 아침, 오후, 밤에도. 주일우는 쌍둥이 형제 주월우와 단 한 마디 말도 주고받지 못했다. 주월우가 무슨 생각을 하는지, 무슨 고민이 있었는지 최소한의 한마디도 듣지 못했던 것이다. 아니다. 그 순간 주일우는 자신의 생각을 정정해야 했다. 듣지 못한 것이 아니라 듣지 않았다. 아침부터 저녁까지 단 한 번도.

16

2015년 12월 24일 PM 5:00

크리스마스 캐럴이 매장 전체에 울려 퍼졌다. 매장 입구엔 산타 할아버지 분장을 한 아르바이트생이 크리스마스이브 기념 이벤트를 소개하는 팸플릿을 나눠주고 있었다.

맥도날드 매장 안은 인산인해였다. 주로 남자와 여자, 특별히 어리지도, 그렇다고 완전히 어른도 아닌 연령대의 남녀가 때론

커플로, 때론 단체로 삼삼오오 자리를 차지하고 있었다. 자리를 찾지 못한 많은 이들이 그대로 발길을 돌릴 정도로 매장 안엔 좌석 하나의 여유도 없었다.

주월우는 화장실 바로 옆 2인용 좌석에 앉아 있었다. 주월우의 자리엔 콜라 한 컵만 덩그러니 놓여 있었다. 청소하는 아르바이트생이 그만 일어나라고 시위라도 하는 듯 계속해서 주월우의 자리 근처에서 서성거렸지만 주월우는 전혀 의식하지 못했다.

의식은 했지만 신경 쓰지 않는 건 주월우의 맞은편에 앉은 손환 역시 마찬가지였다. 손환은 바로 어제 노란색으로 염색한 자신의 헤어스타일을 매만지면서 동시에 주월우를 걱정스럽게 쳐다봤다. 주월우는 한 가지 행동에 집중하고 있었다. 휴대폰을 귀에서 떼지 않았다. 보다 못한 손환이 물었다.

—안 받아?

고개를 끄덕인 주월우가 통화가 끊긴 걸 확인하고는 다시 버튼을 눌러 전화를 걸었다.

—벌써 몇 번째야. 오늘 여기서 만나기로 한 거 맞아?

—맞아.

—아침에 말했어?

—말한 건 아니고…… 편지했어.

—편지?

—일우는 일찍 나가. 항상 일찍 나가. 그래서 대문에 붙여놨어.

—뭐라고 적었는데?

—오늘 5시에 맥도날드에서 만나. 월우. 그렇게 적었어.

—맥도날드가 한두 군데야.

—내가 오는 맥도날드는 여기뿐이야. 일우도 알아. 그래서 어…… 어딘지 안 적은 거야.

손환의 질문에 답하면서도 주월우는 휴대폰을 손에서 놓지 않았다.

—오면 어떻게 할 거야.

—뭐…… 뭘 어떡해?

—말해야지. 아침에 있던 일.

—아…… 아니야……. 그런 건…… 나중에 말해도 돼. 오늘은 안 돼.

—왜 안 되는데?

—오늘은 크리스마스야. 기쁜 날이야. 기쁜 날 말하면 안 돼. 그럼 화내. 일우가 화낼 거야.

—그렇게 미루기만 하면 언제 말할 거야. 언제라도 말을 해야 돼. 가족이잖아.

—그러니까…… 가족이니까…… 오늘은 말하면 안 되는 거야.

—모르겠다.

손환이 갑작스럽게 주월우의 손에서 휴대폰을 빼앗았다. 그 러곤 문자메시지를 찍기 시작했다. 주월우가 걱정스런 얼굴로 물었다.

—뭐…… 뭐하는 거야?

—스무 번도 넘게 걸었어. 이 정도면 못 받는 게 아니라 안 받 는 거야. 그냥 문자로 남겨.

―뭐…… 뭐라고 적을 건데?

빠른 손놀림으로 문자를 입력하는 손환이 문자 전송하는 속도와 비슷한 속도로 답했다.

―오늘 5시 맥도날드에서 보기로 한 약속 잊었어? 기다린다.

―안 돼. 보내지 마.

―왜?

―일우는 바빠. 많이 바빠. 기다리고 있다고 말하면 바쁜 일우가 화내. 그러면 안 돼.

―그럼 어쩌자고?

―나 6시까지 편의점에 가야 돼. 가서 물건 들어온 거 정리해야 돼.

―그것 때문에라도 넌 오늘 여기에 있어야 돼.

―안 돼. 가야 돼. 편의점에 가야 돼. 하루라도 빠지면 알바 수당 없다고 했어. 사장이 그랬어.

―넌 오늘 거기 가면 안 돼. 그냥 내 말 들어.

―가야 돼.

―글쎄, 내 말 들어. 오늘 가면…….

중간에 말을 멈춘 손환은 어떻게 설명을 해야 할지 망설였다. 일진의 식구가 된 손환의 마음속에선 강한 갈등이 일었다. 손환이 월우가 일진들의 목표물이 된 편의점에서 알바하고 있는 걸 알게 된 건 얼마 전이었다. 손환은 차마 자신이 소속된 일진들이 오늘 밤 편의점으로 들어가 완전 묵사발을 낼 거란 말을 솔직하게 할 수 없었다. 솔직하게 말하지 못하는 손환은 어떻게 해서든 주월우의 출근을 막고 싶었다.

─아무튼 오늘만 쉬어. 여기서 그냥 주일우가 올 때까지 기다리든가.

그때였다. 손환을 호출하는 휴대폰 진동이 녀석의 주머니 속에서 울리기 시작했다. 진동을 확인하자마자 손환의 얼굴이 일그러졌다. 굳이 발신자를 확인할 필요도 없다. 이 시간에 손환을 호출한 이들은 최누리 아니면 일진 중 누군가가 전부였다. 나이는 동갑이지만 일진들의 서열은 군대보다도 더 엄격하고 철저했다. 서열로는 이제 막내가 된 손환에게 있어서 일진의 호출에 대한 불복종은 곧 항명과 동의어였다. 전화를 받지 않을 수 없게 된 손환이 다급해진 마음에 휴대폰을 손에 쥐고서 자리에서 일어섰다. 자리에서 일어나 엉거주춤한 자세로 주월우에게 당부하듯 말했다.

─정말이야. 오늘 편의점 나가지 마.

─왜 그러는데?

─글쎄, 나가지 말라면 나가지 마. 그냥 여기서 일우 기다려. 일우가 지금은 바빠서 전화 못 받은 것 같지만 조금만 지나면 확인하고 너한테 전화할 거야. 그러니까 그냥 일우 기다려. 네 말대로 오늘은 좋은 날, 크리스마스이브잖아. 알았지?

주월우가 뭔가 말했지만 손환은 녀석의 마지막 말을 듣지 못했다. 휴대폰 통화 버튼을 누름과 동시에 주월우에게 손을 흔들어 인사하고는 서둘러 맥도날드를 빠져나갔기 때문이다. 지금 움직여도 일진들이 함께 모이는 장소에 도착하면 늦을 거란 걸 잘 알고 있던 손환은 마지막으로 주월우에게 당부의 말을 남기곤 그대로 내달려야 했다.

혼자 남은 주월우는 그 후에도 계속해서 주일우에게 전화를 걸었다. 그런데 어느 순간부터인가 주일우의 번호에 전화를 걸자 다음과 같은 익숙한 멘트가 반복되었다. "전화를 받을 수 없어 음성 사서함 서비스로 연결하겠습니다."

17

한순간도 긴장을 늦춰선 안 된다. 전문가가 아니더라도, 젊은 청년이 아닌 노인이나 오십대 여자라도 예외는 아니다. 그들은 모두 악에 바친, 더 물러날 곳 없이 배수의 진을 친 사람들이기에 경계하지 않으면 어떤 일이 벌어질지 아무도 모른다. 며칠 전에도 함께 일하던 주일우의 선배 머리에 금이 가는 대형 사고가 발생했다. 철거민 중 한 명인 육십대 할아버지가 해머 한 개 들고 자신의 집 안으로 밀고 들어온 선배의 머리를 연탄 교체할 때 사용하는 부지깽이로 내리쳐 일어난 사고였다. 다행히 목숨은 건졌지만 일주일이 지난 지금까지도 중환자실을 벗어나지 못하는 신세다.

그래서일까. 오늘의 대치는 더욱 험악했고, 그만큼 절박했다. 절박함은 대치 중인 양측 모두에게 해당되었다. 이번 달 말까지 남아 있는 철거민들을 죄다 몰아내야 하는 철거용역업체나 여기서 밀려나면 갈 곳도, 제대로 된 보상이 없기에 끝까지 버텨 시행사든, 구청이든 협상 테이블을 마련해야 하는 철거민들이나 극단의 절박함을 느끼는 건 마찬가지였다.

왜 하필 성탄절 전야에 이딴 일을 해야 하나. 그런 생각을 아주 잠깐이나마 해본 건 아마 모인 모든 이들 중 자신이 유일할 거라고 주일우는 생각했다. 그런 생각이 들자 주일우는 자신의 감상이 싸구려 같다는 생각에 얼굴이 붉어지기까지 했다. 그러한 수치심을 잊기 위해서라도 주일우는 더 힘껏 해머를 손에 쥐었다. 닥치는 대로 아무 판잣집이나 골라 들어가 그 안에 있는 집기를 마구 부수기 시작했다. 작은 전기밥솥, 오래된 TV, 비키니 옷장, 전기장판, 연탄보일러, 생활을 지속하게끔 만드는 모든 집기들을 때려 부쉈다.

일을 시작하기 전 팀장은 현장에 투입할 용역 알바들에게 단단히 일러두었다. 오늘만큼은 확실히 조져놔서 연말까지 이곳에 살 생각 자체를 하지 못하게 해야 한다고 했다. 그와 함께 우리 업체 측 직원도 상해를 입어 형사고소 진행 중이니까 어차피 철거민 한두 명 대가리 깨뜨려도 상관없다는 식으로 밀어붙이라는 으름장을 빠뜨리지 않았다. 일을 시작하기 전 팀장은 주일우에게 '확실히 하라'는 말만 십 수 번 강조했다. 팀장의 눈엔 타고난 파괴 본능에 비해 주일우가 지나치게 철거민들의 저항에 부드럽게 대하는 것 같았기 때문이다. 팀장은 시간이 날 때마다 주일우에게 '철거민들이 얼마나 악질인지 몰라서 그런다'는 말을 반복하며, '그러니 일말의 죄책감도 가질 필요가 없다'는 행동 강령을 세뇌하듯 주입했다.

무엇보다 주일우는 돈을 벌어야 했다. 미치도록 돈이 필요했다. 임대 아파트 월세가 벌써 반년째 밀려 있고, 전기, 수도, 개별 난방비 모든 게 밀려 있다. 설상가상 아버지란 인간이 갖다 쓴 카드 빚이 연좌제처럼 치매에 걸린 할머니 몫으로 돌아왔다. 하루에도 수십 번씩 추심 전화가 걸려왔다. 잘못하면 거리로 쫓겨날 판국에 주일우는 시급 4천 원도 채우지 못하는 배달이나 편의점 알바 같은 일자리가 성에 차지 않았다. 열흘만 제대로 움직이면 목돈을 만질 수 있는 철거용역업체 일은 그야말로 주일우에게 뿌리칠 수 없는 유혹이었다. 어떻게든 일을 성사시켜 인센티브까지 받을 수 있다면 금상첨화라는 생각. 생각이 앞서자 주일우의 행동도 격해지기 시작했다. 철거민 마을 앞에 걸린 조악하지만 정성스럽게 걸어놓은 크리스마스트리를 뜯어내 바닥에 내동댕이치는 순간 주일우의 머릿속엔 오직 월우와 할머니만 떠올랐다. 다른 건 생각하지 않기로 했다. 부수고, 부수고, 부수는 일에만 전념하기로 했다.

철거민들의 저항이 만만찮았다. 철거민 남자 한 명이 주일우의 얼굴에 분노가 담긴 비닐봉투를 내던졌다. 봉투가 일우의 얼굴 위로 터지면서 끔찍한 악취가 방 안 가득 풍겨나왔다. 비닐을 던진 남자는 그대로 쪽방 한구석에 주저앉았다. 곰팡내로 가득한 좁은 방 안에 주저앉은 남자의 옆에는 거동이 불편해 보이는 할머니 한 명이 앉아 있었다. 할머니는 방 안에서 벌어지는 일에 무관심한 듯 TV를 보고 있었다. 정신이 온전치 못한 듯 보였다. 분노를 뒤집어쓴 주일우는 아무것도 생각할 수 없었다. 먼저 천장의 형광등을 부수고 할머니가 재미있게 보던 오락 프로그램이 방영되던 TV를 해머로 내리찍어 박살냈다. TV가 꺼지자 할머니가 울부짖었고 남자가 다시 자리에 일어나 주일우의 멱살을 붙잡았다.

　─이 새끼야! 그만둬! 넌 아비 어미도 없어?

　─그 연놈들 집 나간 지 1년도 넘었다. 이 씨발 것들아!

　주일우가 남자를 밀쳐내곤 발로 짓밟았다. 시키지도 않았는데 벽을 향해 해머를 휘둘렀다. 합판으로 만든 벽은 주일우의 해머질 한 번에 허무하게 무너졌다. 구멍이 뚫린 벽 너머로 반 평도 채 안 되는 주방이 보였다. 주일우의 머릿속이 갑자기 멍해졌다. 아무것도 생각할 수 없었다. 모든 판단이 중지되었다. 도덕에 대한, 인간에 대한, 양심에 대한.

　휘두르고 또 휘둘렀다. 짐승같이 비명을 지르거나 불규칙한 숨만 가쁘게 쏟아내며, 눈에 보이는 쪽방을 향해 닥치는 대로 해머를 휘둘렀다. 벽이 무너졌고, 슬레이트 재질로 된 천장도 무너졌다. 철거민 중 아이들이 무너진 지붕 아래 깔려 비명을 질렀고, 아주머니 한 명이 길바닥에 주저앉아 통곡했다. 그러나 주일우의 눈에 아무 소리도, 누구의 울음소리도 들리지 않았다. 귓가에 윙윙거리는 건 오직 거칠게 내뱉는 자신의 숨소리가 전부였다.

　주일우는 앞으로, 앞으로 나아갔다. 부수고 또 부수자 더 이상

부술 것이 남아 있지 않는 상황에까지 내몰렸다. 바로 그때 철거
민 지붕 위에서 '펑' 소리와 함께 불이 붙었다. 붉은 불길을 보는
순간 주일우는 그제야 하던 동작을 멈췄다. 그 자리에 그대로 멈
추곤 치솟는 불길을 바라봤다. 밖으로 나온 철거민들의 망연자
실한 얼굴과 눈을 맞췄다. 그제야 해머를 바닥에 떨어뜨린 주일
우가 무슨 생각에선지 주머니에서 휴대폰을 꺼냈다. 화면이 시
커멓게 변해 있었다. 버튼을 눌러도 아무 반응이 없었다. 그제야
잊고 있던 후각이 살아난 걸까. 주일우는 자신의 몸에서 풍기는
악취를 실감했다. 주머니에 넣고 있던 휴대폰은 배터리 부위가
손상되어 있었다. 검은 액정만이 전부인 휴대폰을 내려다보던
주일우는 그때서야 아침, 집에서 나올 때 문 앞에 붙어 있는 주
월우의 메모를 기억해냈다. 오후 5시의 맥도날드. 지금이 몇 시
인지 확인하고 싶었지만 시간을 확인할 만한 기회가 없었다. 불
길이 철거민촌 중심에서부터 무서운 기세로 타올랐다.

3부

괴물들의 사회학

1

　―아버지는 잘 계신가요?

　아버지란 말을 듣는 순간 한희상의 얼굴 근육이 한차례 심하게 경련했다. 상대방의 눈으로 식별이 가능할 정도였다. 고방천은 다리를 떨고 있었다. 함부로 삭발한 머리통 사이사이로 땜빵의 흔적들이 눈에 보였다. 비열한 웃음을 지으며 한희상을 흘겨보는 태도엔 자신감마저 느껴졌다. '넌 내 밥이야'라는 식으로 자신을 노려본다는 피해의식까지 한희상을 괴롭혔다.

　고방천에 대한 인계 서류를 한희상은 보는 둥 마는 둥 했다. 어서 빨리 자신에게 주어진 시간이 지나가기만 바랐다. 그런 한희상은 마음속으로 이렇게 소리치고 있었다. '씨발. 왜 하필 이 개새끼가 우리 쪽으로 전출 오고 지랄이야.'

한희상을 자극하는 고방천의 도발은 멈추지 않았다. 녀석은 고개를 반쯤 숙인 채 자신의 질문에 별다른 대꾸도 하지 않는 한 희상을 향해 재차 깨물었다.

—선생님이 아버지 자랑을 하도 많이 하셔서 저도 선생님 아버지 같은 사람이 내 아버지였으면 좋겠다고 생각해봤어요. 그런데 말이에요.

—개새끼야, 닥치지 못해.

—하우스에서 선생님과 맞수였던 개코 아저씨 기억나세요? 기억나실 거예요.

—그만하라고 했어.

—개코 아저씨가 나중에 그러더라고요. 선생님 아버지가 무슨 일을 했는지 알고 나서도 본받고 싶으냐고. 그래서 내가 물었죠. 무슨 일을 하셨냐고. 그랬더니 개코 아저씨가 그러던데요. 선생님 아버지가 그…… 뭐라더라, 고문 기술자라고.

—개새끼야!

죽을힘을 다해 참고자 했지만 끝내 한희상은 격분하고 말았다. 서류를 책상에 내동댕이치며 벌떡 자리에 일어난 한희상은 그대로 들소처럼 고방천의 멱살을 붙잡고 녀석을 의자 바닥으로 내던졌다. 바닥에 떨어진 고방천을 향해 한희상이 발길질을 시작했다. CCTV가 자신의 행동을 고스란히 담는 것도 망각한 채 앞뒤 가리지 못하는 한희상의 마구잡이 구타는 계속되었다. 이런 식의 학생 구타로 원장으로부터 사고 경위서도 쓰고 시말서도 받았지만 그건 모두 내부 징계에 해당되는 일이었다. 지금까지 한 번도 자신의 구타가 말썽이 되어 직위에 영향받은 적이 없었기에 한희상은 이번에도 대담하게 이 몹쓸 인간쓰레기 고방천을 두들겨 팰 수 있었다.

그렇지만 한희상에게 얻어맞는 고방천의 표정이 심상찮았다. 녀석은 웃고 있었다. 다른 원생들처럼 겁에 질리거나 맞는 게 화가 나 인상을 구기지 않았다. 녀석은 실실 미소를 지으며 자신의 얼굴과 어깨를 구둣발로 내리찍는 한희상을 바라봤다. 고방천의 눈빛엔 조롱의 기운이 잔뜩 배어 있었다. 그 비열한 웃음과 정면으로 마주치는 순간 한희상의 발길질도 함께 멈췄다. 발에서 벗겨져 바닥을 뒹굴던 구두가 고방천의 얼굴 옆에 떨어졌다. 어느새 이마와 얼굴에 잔뜩 땀이 스며든 한희상이 책상에 걸터앉으며 말했다.

―개…… 좆같은 새끼. 너 여기 어떻게 왔어? 누가 불렀어?

한희상의 질문에 고방천은 바로 답하지 않았다. 대신 구타당한 몸을 힘겹게 일으켜 벗겨진 한희상의 구두를 들고 한희상 앞에 무릎을 꿇었다. 그러곤 한희상의 발에 구두를 신겨주며 말했다.

―다 잊으셨나 보네. 하우스에서 제가 선생님 구두에 불광도 내고 때마다 박카스도 내어드리고, 돈도 빌려드리고, 패가 잘 안 풀리면 알아서 깔치도 넣어드리고 그랬잖아요.

―개새끼. 증거 있어?

―선생님도…… 순진하세요. 그런 말씀을 다 하시고.

고방천이 고개를 들었다. 고개를 힘껏 들어 자신을 흉측한 벌레 보듯 내려다보는 한희상을 올려다보며 함박웃음을 지었다. 한희상은 할 수만 있으면 저 비열하게 웃음 짓는 고방천의 입을 찢어버리고 싶었다. 그러나 고방천의 다음 말을 듣는 순간 한희상의 열의는 단지 마음속에서만 유효한 것이 되어버렸다.

─우리같이 하우스에서 떡고물 받아먹고 사는 새끼들은요, 증거가 생명이거든요. 타짜들 구라치는 거 잡아내야죠, 편짜고 패 돌리는 새끼들 적발해야죠. 그런 우리들이 선생님 다큐를 안 찍어놨을까 봐 지금 증거 운운하세요.

─너 이 새끼.

한희상이 몸을 숙여 다시 고방천의 멱살을 잡았다. 녀석을 다시 일으켰다. 한희상의 백태 낀 눈동자에 살의가 잔뜩 묻어났다. 하지만 이 상황에서도 고방천은 여유만만이었다.

─똑똑히 들어, 새끼야. 여기 들어온 이상 송장 치를 수도 있어.

─알고 있어요. 선생님이 애새끼들 몇 병신 만든 거.

─알면 얌전히, 조용히 있다가 꺼져버려. 내 신경 건드리지 말고.

─그런데 이걸 어쩌죠?

─뭐가.

─일 하나 해결하기 위해서 왔어요. 하우스 죽돌이하는 것보다 짭짤할 것 같고, 또 소년원에 갇혀 있으니 벌이가 없어 고민하던 차에 잘됐다고 생각하는데…….

─…….

—그래서 말인데요. 선생님이 좀 도와주셔야겠어요.

—뭐야? 기생충만도 못한 새끼가 감히 나와 거래를 하려 들어?

—거래가 아니라 도와달라는 거예요. 어려운 일도 아니에요. 앞으로 내가 하는 일에 괜한 시비만 잡지 말면 돼요. 다른 선생들도 커버해주시고요. 간단하죠?

—웃기지 마. 내가 너 같은 새끼 뒤 봐주려고 교사된 줄 알아?

—씨발. 당신이야말로 웃기지 마.

—뭐?

고방천의 태도가 돌변했다. 먹살을 잡힌 녀석의 눈동자에 방금 전 한희상이 품었던 살의 그 이상의 살의가 감돌았다. 고방천의 눈빛을 보는 순간 한희상이 주춤했다. 한 번도 본 적 없는 눈빛이다. 생각해보면 한 번도 고방천의 얼굴을 정면에서 대한 적이 없었다. 심심풀이 삼아 시작한 하우스 출입이 어느새 월급의 대부분을 밀어 넣게 될 지경에 이르렀을 때부터였다. 망을 보고 돈을 빌려오고, 가끔 액땜 차원에서 보도방에서 젊은 여자애들을 공수하며 심부름이나 하던 녀석으로 고방천이 투입되었다. 한희상이 녀석에 대해 아는 거라곤 하우스를 운영하는 조폭들이 새로 영입한 고등학교 자퇴생 정도란 것과 그 일대에서는 유명한 막무가내로 알려진 고등학교 일진이란 사실 정도가 고작이었다.

비굴한, 상대를 회유하기 위한 태도에서 공격적으로 급변한 고방천이 한희상이 잡고 있던 먹살을 풀어내며 말했다. 한희상이 뒤로 물러날 정도로 섬뜩한 눈길을 담아.

— 방금 전 했던 말 허투루 들었어? 당신 다큐 찍어놨다는 거 말이야.

— 이 개자식이 선생을 협박하려 들어.

— 협박이 아니라 경고야. 앞으로 당신.

— 뭐 당신?

— 그래 당신. 당신이 내가 맡은 돈벌이에 털끝만큼이라도 방해가 되면 그땐 아예 교육청 홈페이지를 당신 다큐로 도배해버릴 테니깐 각오 단단히 하는 게 좋을 거야.

— 이 비겁한 새끼.

— 다큐에 당신이 불법 도박한 것만 찍혔는지 알아? 내가 방에 집어 넣어준 깔치들 말이야. 그년들 후장 까는 장면까지 죄다 담아놨어. 그 애들 나이가 얼마인지는 알고서 했어? 그 어린것들 중학교 갓 졸업한 애들이야. 알아들어?

— …….

— 알아들었으면 똑바로 행동하세요. 괜히 아버지 이름에 먹칠하지 말고. 알아들었어요, 선생님?

'선생님'이란 호칭이 신호였을까. 험악한 야생동물처럼 으르렁거리던 고방천의 얼굴이 다시금 이전 모습으로 되돌아왔다. 특유의 껄렁한 몸짓으로 자리에 앉은 고방천이 한희상에게 먼저 자신이 묵을 숙소 배정을 부탁했다. 숙소 배정을 부탁하는 말을 넉살을 섞어가며 이야기할 때 한희상은 고방천이 말하는 돈벌이가 무엇인지 대충 감을 잡았다.

—여기 주일우란 새끼 들어왔죠?

　—맞아.

　—그 새끼와 한방에 넣어주세요. 수업도 같이 받아야 하고요. 그 정도는 하실 수 있죠?

　—너.

　—말씀하세요.

　—문자훈이 불렀냐?

　—정확하게는 그 새끼 아버지가 부른 거죠. 그 새끼 아버지가 충주에 있는 날 이곳으로 옮겨다준 거니까. 그런데 말이에요, 선생님.

　—…….

　—난 누가 불러서 오는 체질이 아니에요. 더구나 문자훈 그 새끼는 내 꼬붕이고요. 서열은 확실히 해야죠. 아시겠어요?

　—그런데 왜 여긴 기어들어왔어?

　—아까 한 말 못 들었어요? 돈벌이라고 했잖아요. 돈벌이.

　—싹수 노란 새끼. 그러다 나이 먹으면 청부 살인도 하겠다.

　—못 할 것도 없죠.

　비웃음을 머금은 고방천이 다시 한번 책상 위 정면에 매달린 사진을 올려다봤다. 흑백사진 속 인물인 한희상의 아버지 역시 인자한 미소를 머금고 있었다. 고방천의 암시 속에 섞여든 살기 가득한 의미를 실감한 한희상은 이러지도 저러지도 못하는 진퇴양난의 심정으로 녀석의 반과 숙소 배정을 지정했다. 주일우와 한방이었다.

2

주일우가 속한 반엔 문자훈과 같이 무리 지은 일진 패거리는 없었다. 그렇지만 그들 모두 학교에서 반사회적 문제아로 낙인찍힌 인종들이다. 모두들 기회만 주면 으르렁거리며 상대를 집어삼킬 생각에만 골몰하는 호승심 가득한 위험 인물들이었다. 하지만 이 순간 한희상의 마음속엔 오히려 이들에게 고방천을 소개시켜주는 것에 대한 죄책감마저 느껴야 했다.

오후 늦게 고방천의 전입을 신고받았기에 자연 기술교육수업에 녀석을 투입하진 못했다. 대신 취침 점호에 소개했다. 고방천은 자신의 요구대로 문자훈 패거리가 한데 묶인 숙소가 아닌 주일우의 숙소로 배정받았다. 한희상은 취침 점호 시간에 고방천을 데리고 숙소 안으로 들어섰다.

형식적인 인사가 이어지는 내내 고방천의 시선은 오직 한 사람, 주일우만을 집요하게 향했다. 점호를 위해 줄 맞춰 앉은 주일우 역시 고방천과 눈을 마주쳤다. 고방천은 주일우를 보는 내내 웃음을 잃지 않았다. 비웃음에 가까운 웃음이었다. 옛 동네 친구를 만난 설렘, 해후에 대한 기쁨에서 비롯된 웃음과는 거리가 멀었다. 고방천의 웃음은 상대를 짓밟기 위한 사전 경고의 용도만으로 사용되었다. 고방천은 어느 순간부터 그런 용도로밖에 미소 지을 줄 모르게 된 자신을 제법 맘에 들어 했다. 그 비웃음 덕분에 누구도 쉽게 자신의 존재를 깔아뭉개지 못하게 되었다고 믿었기 때문이다.

한희상은 고방천이 앉을 곳을 정해주었다. 주일우가 앉은 마지막 열의 오른쪽 끝이었다.

가방을 어깨에 둘러멘 고방천이 실내화를 벗고 난간 위로 올라섰다. 그러곤 걸음을 옮겨 자리에 앉으려는 순간 자신이 앉기로 한 옆자리 원생의 무릎에 발이 걸려 한번 크게 휘청거렸다. 원생의 자세도 고방천이 달려들어 흐트러졌다. 원생이 짜증스럽게 고방천을 올려다봤다. 그 짜증스런 시선과 눈을 마주한 고방천의 표정은 여전히 건들거리며 웃는 모습이었지만 점차 험악하게 일그러졌다. 한희상은 고방천의 표정 변화를 보며 짧은 한숨을 내쉬었다.

가방을 자신의 자리에 내던진 고방천이 자신과 부딪힌 원생 앞을 가로막고 섰다. 그러곤 손가락으로 일어서라는 신호를 했다. 원생은 한희상과 고방천을 번갈아 살폈다. 평소의 한희상이라면 이런 식의 생짜를 부리는 고방천을 그대로 둘 리 없다는 게 오랜 시간 그의 악명 높은 취침 점호를 받아온 원생들 모두의 공통된 생각이었다. 하지만 이번엔 달랐다. 한희상은 애써 원생의 시선을 무시했다.

그때였다. 한희상을 쳐다보던 원생의 머리통을 향해 고방천의 발차기가 예고 없이 날아들었다. 양말을 신지 않은 고방천의 발등이 원생의 콧등과 정면으로 충돌하자 녀석이 비명을 지르며 그 자리에 쓰러졌다. 두 손으로 코를 틀어막은 원생의 콧구멍에서 코피가 쏟아졌다. 순식간에 벌어진 일에 원생들 모두 술렁였다. 원생들은 코피를 흘리는 같은 숙소 원생과 한희상을 번갈아 쳐다봤다. 놀랍게도 한희상은 고방천에 대해 별다른 제지를 가하지 않았다. 짜증스런 표정만 한가득이었다. 주일우도 이 장면을 지켜봤다. 아마도 고방천은 한희상의 침묵과 그 침묵의 비호를 받는 자신의 무소불위에 가까운 힘을 주일우가 가장 분명하게 실감하길 기대했는지도 모른다.

콧등을 얻어맞은 원생이 가까스로 상체를 일으키자마자 고방천이 다시 한번 원생의 관자놀이를 향해 발차기를 가했다. 고방천의 딱딱한 발등이 녀석의 관자놀이를 가격했다. 한번 강한 타격을 입은 원생이 다른 원생들의 대열을 덮쳤다. 점호를 위해 앉은 대열이 순식간에 엉망이 되었다. 고방천은 두 팔은 사용하지도 않고서 오직 발만으로 원생의 몸을 짓밟았다. '우' 하는 소리가 들려왔지만 다른 원생들은 가만히 지켜보기만 했다. 대열은 이미 흩어졌고, 고방천과 녀석에게 일방적으로 얻어맞는 원생을 중심으로 원을 그렸다. 한희상은 팔짱을 끼고 이 장면을 지켜봤다. 그의 침묵은 계속되었다.

힘 한번 제대로 쓰지 못하고 당한 원생은 얼굴 전체가 부어올랐고, 피투성이가 되었다. 눈가와 입가가 찢어졌고, 코피는 멈출 생각을 않았다. 덕분에 숙소의 노란 장판 바닥이 녀석이 흘린 피로 얼룩지기 시작했다.

1분도 되지 않은 시간에 벌어진 일이었다. 원생 한 명을 묵사발로 만들어놓은 고방천은 그것으로 자신이 자게 될 숙소의 소위 새로운 리더 탄생을 선고했다. 신고식 때 가장 확실한 모습을 보여주는 것으로 사태를 완전히 제압하는 것, 그런 걸 배우는 건

학교가 아닌 사회라는 걸 고방천은 누구보다 잘 알고 있었고, 지금 몸으로 배운 걸 실천하고자 했다. 더구나 계속되는 한희상의 침묵. 원생을 피투성이로 만들어놓은 고방천이 아무 일 없다는 듯 자신의 자리에 앉았다. 그러곤 짧게 한숨을 내쉬며 다시 주일우와 눈을 마주쳤다. 주일우는 내내 고방천을 바라보고 있었다. 한희상이 둘 사이에 흐르는 긴장감을 포착했다. 둘 사이에 벌어진 일을 생각하니 짜증스러움이 밀려왔던 모양인지 상황이 종료된 걸 확인하자마자 한희상은 피투성이가 된 원생을 양호실로 데려갔다.

한희상의 퇴장과 함께 취침 점호도 마무리되었다. 고방천이 나지막한 소리로 말했다. 처음 원생들은 고방천이 자기네들한테 말을 거는 줄 알고 섬뜩한 얼굴이 되었다. 하지만 시선이 자신들을 향하지 않는 걸 보며 안심하고서 저마다 자리를 펴는 데 분주했다. 고방천은 다른 원생들과 같이 자신의 자리에 모포를 펴는 주일우를 향해 말을 건넸다.

— 오랜만이다.

고방천의 말에 주일우는 묵묵부답이었다. 모포를 편 주일우는 고방천의 시선을 그대로 무시한 채 벽을 향해 돌아누웠다. 고방천은 주일우의 행동을 보며 쓴웃음을 지었다. 그러곤 말했다.

— 그래…… 천천히 하자. 시간은 많아.

3

같은 시간, 바로 옆 숙소에선 문자훈이 푸른 벽을 볼 수 있도록 돌아누웠다. 그들 패거리에서 유일하게 자리에 누운 건 문자훈 한 명뿐이었다. 취침 점호를 훌쩍 넘긴 시간임에도 최누리를 비롯해 백영중까지, 그들은 잠들지 못했다. 불은 모두 꺼져 있었다. 그들이 서로를 식별하기 위한 빛이라곤 창가의 쇠창살 사이로 스며드는 달빛이 전부였지만 그들은 잠들지 않은 채 돌아누운 문자훈을 향해 원망스런 말투로 묻기를 마지않았다. 가장 절박한 건 언제나 최누리였다.

─왜 그랬어?

벽을 보고 돌아누웠을 뿐 문자훈 역시 잠들지 않았던 모양이다. 숨죽여 말한 최누리의 물음에 문자훈이 비교적 빠른 속도로 대응했다. 그 순간 백영중은 미루어 짐작했다. 문자훈 역시 초조함을 어쩌지 못한다는 사실을.

─뭐가?

최누리의 질문을 이번엔 백영중이 이어받았다.

─네가 말한 최후의 카드란 게 고방천이었어?

─다른 수가 있음 말해봐.

다시 최누리가 말했다.

─그래도 씨발. 고방천 저 새낀 진짜 미친 새끼야.

─완전 미친 새끼니까 돈 주고 사람 죽여달라는 청부도 받아들이지.

—청부라고? 죽인다고?

최누리가 자신의 두 귀를 의심했다. 말을 끝낸 문자훈이 몸을 일으켰다. 그러곤 고개를 돌려 최누리 일행을 바라봤다. 문자훈이 유심히 지켜본 대상은 손환이었다. 난간 턱에 걸쳐 앉은 손환은 걱정스런 눈길로 문자훈을 바라봤다. 정면에서 쳐다보진 못하고 달빛에 비친 문자훈의 실루엣을 응시했다고 보는 게 더 정확할 것이다. 문자훈은 손환을 쳐다보았고, 그런 문자훈에게 백영중이 확인하듯 물었다.

—일주일 전 네 아빠 만나 면회했을 때 부탁했다는 게 그거야?

—미친 새끼들은 미친 새끼들끼리 붙여서 아예 끝장을 봐야 해. 난 고방천, 그 새끼를 단지 고용한 거야. 우리가 이곳에 있는 동안 바람막이 역할을 해줄 거라고.

문자훈의 그 말에 최누리가 여전히 근심 섞인 말투로 물었다.

—하지만 고방천은 그렇게 생각하지 않을 텐데.

—…….

—고방천은 자기가 우리 일진의 오야로 생각하고 있어. 그런 새끼가 자신이 고용되었다고만 생각할까?

최누리의 말에 문자훈의 입술이 꿈틀거렸다. 평소 같으면 머리통이나 뺨을 후려치며 최누리의 말을 경박한 염려로 몰아붙였을 녀석이었지만 이번엔 그렇지 않았다. 최누리의 말에 별다른 부정을 하지 않은 문자훈도 내심 자신의 선택을 찜찜하게 생각하는 낯빛을 역력히 드러냈다. 그 기색을 포착한 백영중 역시 걱정스런 표정이 되었다. 녀석 역시 지금까지 고방천과 자신들이 함께 어울리면서 보아온 상식을 우습게 묵살하는 난동과 만행을 잘 알고 있었다. 고방천에겐 최소한의 규칙이란 게 없었다. 녀석은 일진들의 세계에서도 상호 간에 지켜야 하는 서열의 문제나 질서, 그런 것과 자신은 아무 관계도 없다는 식으로 닥치는 대로 행동했다. 그런 고방천이 과연 문자훈과의 관계에서 고분고분하게 문자훈의 피고용주로만 만족할까. 문자훈 자신조차 확신하기 어려웠다. 소년원에 입소하자마자 미친개로 통하는 한희상의 수족을 한순간에 무력화시킨 독종이다. 하지만 상대방의 약점을 붙잡고 끝까지 괴롭히는 악질이기도 한 고방천에 대한 궁리는 문자훈에게 동일한 결론으로 귀결되었다. 살아남기 위해선 고방천을 부를 수밖에 없었다는 것. 고방천이 청주 소년원에 보호감호 처분을 받고 있다는 것 자체가 행운이라는 것. 자신의 아버지가 경찰청장급의 고위급과 막역한 사이를 유지할 수 있는 직책을 갖고 있다는 것. 자신의 선택에 대해 후회도, 아쉬움도 가질 필요가 없다고 다짐한 문자훈은 다시 자리에 누웠다. 푸른 벽을 볼 수 있도록. 문자훈이 누운 것을 확인한 최누리, 백영중도 별수 없다는 체념의 얼굴을 하고서 각자의 자리에 차례대로 누웠다.

4

고방천에 대한 소문, 특히 전날 밤 입소식에서 보여준 놈의 무소불위의 무용담이 순식간에 원생들 사이에 회자되었다. 하루가 지난 오전, 기술수업에서 고방천을 가장 먼저 반긴 건 문자훈이었다. 당연한 수순으로 보였지만, 고방천은 떨떠름한 표정을 지었다.

고방천은 오히려 일진들이 아닌 다른 원생들과의 면식을 과시했다. 고방천을 알아보는 원생들, 소년원 밖, 학교도, 완전한 조폭들의 세계도 아닌 곳에서 고방천의 악명을 직간접적으로 접해왔던 원생들은 고방천이 자신을 환대해주는 것에 대해 무척이나 기뻐하는 모습을 보였다. 일진들은 고방천이 의도적으로 자신들을 무시하는 태도에 불안감을 느꼈다. 하지만 문자훈만큼은 고방천의 속내를 읽을 수 있었다.

늘 그런 식이었다. 먹잇감이 나타났을 때, 이를테면 반드시 묵사발을 내야 할 적수가 나타났을 경우 고방천은 섣불리 상대에게 달려드는 방식을 선호하지 않았다. 상대가 자신보다 강하든 약하든 그건 중요하지 않았다. 고방천은 자기의 방식대로 적수를 짓이겨놓았다. 상대를 굴복시키기 위해 고방천은 우선 적의 주위를 고립시켰다. 적은 문자훈의 예상대로라면 주일우이다. 고방천은 소년원 안에서 자신의 존재가치를 확실히 해두기로 했다. 자신의 편을 만들기 위해 세를 규합하는 방법은 주일우로 하여금 스스로는 뚫고 나가기 어려운 포위망이 있음을 실감하게 했다.

그 방법의 극치엔 한희상과의 카르텔이 견고히 자리 잡았다.

소년원 밖에서 고방천을 원수처럼 여기던 이들마저 녀석의 환대에 어리둥절하면서도 함께 어울리길 원했다. 그건 녀석의 입소식 때의 무용담, 그 핵심을 간파했기 때문이다.

취침 점호 시간에 자신과 몸이 부딪힌 원생을 정신 못 차리도록 두들겨 팬 것도 고방천의 대담성을 알아보기에 충분했다. 그렇지만 원생들이 더 크게 매료된 건 고방천의 일방적 구타가 일어날 때 그 뒤에서 보인 한희상의 태도였다. 한희상은 고방천을 막지 않았다. 적절한 사후 조치, 이를테면 폭력을 행사한 원생에 대한 기합이나 체벌, 독방 근신과 같은 당연히 뒤따라야 할 처벌을 내리지 않았다. 그런 한희상의 태도가 말해주는 암시가 원생들을 매료시켰다. 그들에게 한희상은 미친개로 통한다. 승부를 보기 전까진 결코 열어주지 않을 것 같은 사각의 링 안에서 미친개가 마음껏 활보하는 현실 앞에 원생들은 주눅 든 것뿐만이 아니라 심리적 공황 상태에 시달려왔다. 그런 그들에게 미친개를 잠재우는 이가 등장했다. 그게 바로 고방천이다. 고방천이 한희상의 어떤 약점을 붙잡았는지, 아님 어떤 거래관계가 있었는지 저간의 비밀을 알 수 없는 상황에서 원생들은 고방천에게 무량한 매력을 느꼈다. 그 매력이 고방천으로 하여금 큰 힘 들이지 않고 원생들을 자기 밑 식구로 만들게 했다. 이러한 고방천의 상황 정리를 식사 시간의 풍경이 단적으로 입증해주었다.

점심시간이 시작되자 원생들은 누가 시킨 것도 아닌데 고방천을 중심으로 계급을 형성했다. 고방천이 가장 먼저 배식대에

설 수 있도록 배려했으며, 교정 교사의 눈을 피해 물컵을 담아 고방천의 자리에 올려다주고 고방천이 손을 많이 대는 반찬이 떨어지지 않도록 채워주는 일도 마다하지 않았다.

자리 배정도 우스꽝스럽게 연출되었다. 평소의 질서대로라면 일진 녀석들이 한자리를 차지하고 다른 원생들이 삼삼오오 모여서 식사하는 모습이 일반이었다. 식사 시간만큼은 자신들이 앉을 수 있는 곳을 선택하도록 한 소년원 원장의 지나친 배려가 오히려 서로 간의 서열관계를 명확히 해주는 꼴이 되었다. 고방천의 등장 이후 자리 배정도 이전과 동일한 서열관계 확인이란 점에선 큰 차이가 없었다. 그러나 서열의 구도는 확실히 무너져 있었다. 그 사실을 발견하는 것 또한 어렵지 않았다. 가장 큰 차이는 고방천을 중심으로 가장 가깝게는 문자훈으로 대표되는 일진들이 모여들었는데, 고방천은 문자훈을 자신의 옆에 앉히고 한 자리 남은 자신의 옆엔 평소 소년원 밖에서 면식이 있던 원생 한 명을 앉혔다. 그 원생들을 중심으로 일진과는 다른 무리들의 식사가 형성된 것이다.

주일우는 이들과는 한참 떨어진 곳에서 혼자 식사했다. 식당 안엔 언제나 그랬듯이 무거운 정적이 흘렀다. 교정 교사 두 명과 감시 교도관 한 명이 식당 내부를 어슬렁거리며 원생들의 식사하는 모습을 지켜봤다.

고방천은 예의 비웃는 듯한 표정으로 선생들을 돌아다보다가 혼자 멀리 떨어져 식사하는 주일우를 바라봤다. 문자훈과 일진 패거리도 마찬가지였다. 주일우는 그들의 시선을 의식조차 하지 않았다. 반쯤 머릴 숙이고 시선을 배식판에 고정시킨 채 기계적인 젓가락질만 계속했다.

그런 주일우 앞에 누군가 앉았다. 주일우의 것과 동일한 배식판 위엔 밥과 국, 나물이 적당히 분배되어 있었다. 자신의 바로 앞자리에 배식판이 놓인 것을 확인한 주일우가 천천히 고개를 들었다. 맞은편에 앉은 이는 원생이 아니라 선생이었다. 상담 교사 조순우.

조순우가 주일우 맞은편에 앉은 것을 본 문자훈이 고방천의 귀에다 대고 속삭이듯 말하려 했다. 그러자 고방천이 문자훈의 조심스런 행동을 조롱했다.

—친구야.

—응?

—제대로 말해라. 계집애처럼 왜 귀에다 대고 그러는데?

머쓱해진 문자훈이 주위를 둘러다봤다. 여전히 원생들에게 문자훈은 위협과 복종의 대상이었다. 하지만 문자훈도 감지할 수 있었다. 자신을 바라보는 원생들의 태도에서 드러나는 미세한 차이를. 문자훈의 일진으로서의 위치, 더욱이 고방천을 두고 재편된 질서를 눈치채지 못할 만큼 원생들이 어리석진 않다는 걸 녀석 또한 모르지 않았다. 하지만 현실 상황에서 자신의 위치가 밀리는 것보다 중요한 건 주일우다. 저 표적을 제거하기 위해 고방천까지 불러들인 게 아닌가. 문자훈은 이내 마음을 다잡고 천천히 숟가락을 입으로 가져가는 고방천에게 말했다.

—저 선생이 주일우에게 우호적이야.

―그래 봐야 상담 교사잖아.

―그래도 좀 껄끄러워서.

―친구.

―응?

―너, 소년원 들어오더니 깡다구가 많이 죽은 것 같다.

―뭐?

―어차피 이곳 실세는 미친개야. 저딴 상담 교사가 아무리 용을 써도 미친개 결재 없으면 상담일지, 반성문, CCTV 뭐 하나 빛을 볼 수 없어.

―난 그냥 알아두라고 말하는 거야.

―내 일은 내가 알아서 해. 넌 그냥 내가 시키는 대로 하면 되는 거고. 지금까지 겪어왔으면서 왜 이래. 새삼스럽게.

겪어온 일, 그 말을 들을 때 문자훈의 얼굴에서 비굴한 실소가 흘러나왔다. 고방천도 실소를 터뜨리는 문자훈을 보며 함께 너털웃음을 지었다. 둘 사이엔 분명한 공통분모가 존재했다. 최누리, 백영중도 모르는 둘 만의 비밀 같은 과거, 그 과거사에서 칼자루를 쥔 건 물론 고방천이었다. 둘 사이엔 한때 가해자와 피해자, 주종관계, 상납하는 자와 상납받는 자의 관계가 유지된 적이 있었고, 그 경우 가해자, 주인, 상납받는 쪽은 언제나 고방천이었다. 문자훈은 자신이 피해자와 종의 관계에서 벗어나기 위해 쏟아부은 돈과 온갖 더러운 일의 대가를 똑똑히 기억하고 있었다. 잊을 리 있겠는가. 그 악몽들을. 지금, 그 악몽은 더욱 독해졌다. 작은 악몽을 잊기 위해 더 큰 악몽을 불러들인 현실에서 문자훈이 할 수 있는 건 이 현실을 받아들이고 최대한 빨리 두 악몽 모두로부터 벗어나는 길뿐이었다.

고방천이 말을 끝내기가 무섭게 숟가락을 식판에 내려놓았다. 주위 원생들이 고방천 배식판 위에 남아 있는 반찬과 밥을 잽싸게 자기네 식판으로 옮겼다. 음식물을 남겼을 때마다 벌점이 부과되는 소년원 식사 규칙을 맞춰주기 위한 조치였다. 원생들의 동작은 신속했으며 빈틈이 없었다.

고방천이 자리에서 일어나자 뒤따라 문자훈과 다른 패거리들이 일어섰다. 원생들도 차례로 자리에서 일어섰다. 주일우 맞은편에서 식사를 하는 조순우가 그 모습을 씁쓸한 얼굴로 지켜봤다. 주일우는 다시 고개를 숙인 채 밥을 먹고 있었다.

주일우의 식판에 남은 음식물이 거의 비워질 즈음이었다. 조순우는 식사가 목적이 아닌 듯했다. 꽤 오랜 시간이 지났음에도 식판에 담긴 음식물은 전혀 줄어들지 않았다. 문득 주일우가 조순우의 식판을 보다 고개 들어 그를 바라봤다. 둘은 눈을 마주했다. 조순우는 자리에 앉았을 때부터 내내 주일우를 보고 있었다. 무표정했다. 억지스럽게 부드러운 표정을 짓는 것도 아니고 근심 어린 눈길을 품은 것도 아니었다. 이전 상담 시간과는 한결 달라진 표정이었다. 주일우는 그렇게 짐작했다. 하지만 짐작은 짐작일 뿐이다. 짐작할 수는 있지만 구체적으로 그 이유가 무엇인지, 조순우의 속내가 어떻게 달라졌는지 설명할 수도, 이해할 수도 없었다. 단지 조순우의 표정이 이전과는 다르다는 사실만 분명할 뿐이었다. 동정도, 연민도, 그 무엇도 아니다. 차갑지도, 뜨겁지도 않은, 사무적인 것 같지만 집요한 구석이 돋보이는 표정과 눈빛, 그 눈빛에서 주일우는 조순우가 자신에게 뭔가 할 말이 있다는 느낌을 받았다. 그 짐작에까지 이르자 주일우의 입에서 자신도 모르게 다음과 같은 반응이 튀어나왔다. 어느새 주일우의 식판은 깨끗이 비워졌다.

─하실 말씀 있으세요?

─그래 보이냐?

─예.

질문 하나 짧게 던진 조순우가 다시 침묵했다. 물끄러미, 무표정한 눈빛으로 주일우와 눈을 마주할 뿐이었다. 한순간 주일우는 압도감에 사로잡혀야 했지만 주일우 역시 조순우의 시선을 피하지 않았다. 식사 시간 종료 5분 전을 알리는 안내방송이 어느새 텅 빈 식당 안에 울려 퍼졌다.

─고방천이 이곳으로 왔다. 어떻게 생각해?

─예상했던 일이에요. 문자훈이라면 그러고도 남으니까.

─마지막으로 묻고 싶은 게 있다.

─이쯤해서 그만둬라. 문제를 더 크게 만들고 싶냐. 그딴 식의 질문이라면 하지 마세요. 어차피 질문하셔도 답은 똑같아요.

─비슷한 질문이지만 이번엔 좀 다르다.

─어떻게 다른데요.

조순우가 식당 입구를 지키고 선 교정 교사를 뒤돌아봤다. 교사와 그 옆에 서 있는 교도관이 조순우을 보며 자신의 손목시계를 손으로 가리켰다. 조순우가 그에 대한 반응으로 고개를 한 번 끄덕인 뒤 다시 주일우를 바라봤다. 식당엔 조순우와 주일우, 둘만 남아 있었다.

―정말…… 할 셈이야?

―…….

―그 복수라는 거. 무슨 일이 있어도 해야겠어?

―…….

―마지막으로 묻는 거야. 더 이상은 없어. 그러니 너도 마지막이라고 생각하고 대답해라.

―선생님.

―그래, 주일우.

―이곳에 오기 전부터, 벌써 오래전부터 제 생각은 차갑고 굳게 마비되었어요.

―어째서?

―할머니가 제 눈을 보며 죽었어요.

―…….

―전기장판이 고장 난 차가운 바닥에 머리를 대고, 잠깐 잠이 들었던 내가 눈을 떴을 때, 할머니의 눈동자가 보였어요. 할머니는 오래전에 숨을 쉬지 않았어요. 얼굴이 수족관 유리처럼 창백했어요. 할머니는 눈을 감지 않았어요. 끝까지 절 보고 있었어요. 그때 제 생각은 멈췄어요.

―…….

―저도 절 어쩔 수 없어요. 생각이 아니라 몸이 먼저 반응해

요. 내 몸이 기억하는 것들에 대해서만 반응해요. 지금 내 몸엔 월우에 대한 기억만 남아 있어요. 월우의 부은 몸, 얻어터진 눈, 부르튼 입술, 벗겨진 바지…… 그래서, 그래서 어쩔 수가 없어요. 어쩔 수 없는 건 없는 거예요.

―그래…… 그렇구나.

―죄송해요.

―주일우.

―예.

―내일모레 우리 주례 상담 있는 거 알지?

―예.

―이번에도 저녁 8시에 와.

―…….

―알겠지?

―예.

조순우가 먼저 자리에서 일어섰다. 그는 주일우의 빈 식판까지 함께 손에 쥐고는 배식대 쪽으로 걸어갔다. 조순우의 무표정한 얼굴이 내내 주일우의 뇌리에서 떠나지 않았다. 그 여운은 조순우가 퇴장한 뒤에도 깊고 아프게 남았다. 분명한 아픔이었다. 설명하기 힘든.

5

'자습.'

언제나처럼 칠판 전체를 가득 메운 한 단어, '자습'.

오후 마지막 수업, 그 수업은 언제나처럼 한희상의 몫이었다. 한희상이 붙박이 당직을 자처하고 나섰을 때부터 소년원 원장은 솔선수범하여 원생들의 계도, 관리를 자임한 그의 편의를 최대한 봐준다며 담당 수업을 마지막 시간에 배정했다. 그 마지막 수업은 언제나처럼 자습이었다. 다른 수업 시간이라 해서 특별히 배움이나 가르침이 있는 건 아니었지만 한희상의 수업은 노골적일 만큼 아무것도 하지 않았다. 자습으로 수업을 일관했다고 해서 한희상이 원생들에게 꽉 짜인 소년원 생활에서 특별히 숨통을 틔워주겠다는 배려와는 거리가 멀었다. 한희상이 생각한 원생들은 학생도 그 무엇도 아닌 범죄자였다. 나이가 어린 범죄자. 한희상은 단 한 번도 이곳이 잠시 엇나간 선택을 한 청소년들의 교화를 담당하는 장소라는 생각을 하지 않았다. 그의 평소 지론대로라면 이곳은 나이 어린 범죄자들이 복역하는 교도소였다. 그것도 계도가 필요 없는 중증 범죄자들을 격리한 곳. '자습'은 편의상 붙여놓은 명분일 뿐이다. 한희상은 이들을 단지 이곳에 격리해놓는 것만으로도 충분하다고 봤다. 숨만 쉬게 만들고, 시간 되면 밥 먹이고, 또 시간 되면 잠을 자게 만드는 일만 관리하면 격리 조치로서 최상이라고 믿었다.

고방천은 한희상이 어떤 마음가짐으로 자신들을 대하는지 비

150   크리스마스 캐럴

교적 정확하게 파악했다. 그래서 녀석은 자습이라고 적어놓은 이 시간을 최대한 활용하기로 작심했다. 주일우에게 보다 확실한 경고를 하고 싶었다. 밖에서는 독고다이로 활개치고 다녔는지 몰라도 떼로 모여 격리된 특수 장소에선 어림도 없다는 가혹한 진실을 똑똑히 일러주고 싶었다.

한번 작심한 고방천의 결행은 지금껏 한 번도 망설이거나 주위 눈치를 보는 법이 없었다. 때가 적절할지를 나름 고민하며 머리를 굴리던 문자훈의 계산은 이 순간 고방천의 결심 앞에 철저히 무력해졌다.

교실에 들어오자마자 '자습'을 적어놓은 한희상이 잔뜩 굳은 얼굴로 자리에 앉아 팔짱을 끼고 눈을 감았다. 아예 고방천이 있는 자리 쪽은 쳐다보지 않을 심사로 몸을 돌려 얼굴을 창밖에 고정시켜두었다. 한희상의 상태를 확인한 고방천이 그대로 자리에서 일어섰다. 그러곤 천천히 교탁 앞으로 걸어 나왔다.

교탁 앞으로 걸어 나간 고방천이 규칙적이고 분명하게 주먹으로 칠판을 두들겼다. 가볍지만 소리는 분명했다. '쿵.' '쿵.' '쿵.'

고방천의 두들김은 열 번이 넘도록 멈추지 않았다. 고방천의 돌발 행동에 놀란 원생들의 눈이 휘둥그레졌다. 얼굴을 책상에 파묻고 있던 주일우도 소리가 계속되자 고개를 들었다. 일진들 역시 어리둥절한 표정으로 서로를 바라봤다. 특이한 건 한희상의 태도였다. 창가를 바라보며 앉은 한희상은 고방천이 멋대로 자리를 이탈한 것도 모자라 칠판 두드리는 행동을 일삼는데도 별다른 반응을 보이지 않았다. 분명 성가신 소리일 텐데 한희상은 팔짱을 낀 채 고개를 반쯤 숙이고 감은 눈을 뜨지 않았다. 고방천이 어떤 일을 벌이든 상관하지 않겠다는 의지였다. 고방천은 망부석처럼 앉아 있는 한희상을 만족스럽게 쳐다보았다. 이로써 선생을 앉혀놓고도 무소불위의 권력을 행사할 수 있는 나름의 합법성을 부여받았다는 사실을 확인한 것이다. 이윽고 열리는 고방천의 말엔 이전보다 더 둔중한 힘이 실렸다. 녀석은 입구 쪽에 앉은 원생에게 턱짓을 하며 다음과 같이 말했다. 아니, 명령했다.

—문 잠가.

고방천의 말을 들은 원생이 한 치의 망설임도 없이 앞문을 잠갔다. 그러자 뒷문 근처에 앉아 있던 원생도 알아서 행동했다. 뒷문까지 잠근 것이다. 문이 잠긴 것을 확인한 고방천이 교실 벽에 부착된 대형 시계를 통해 시간을 확인했다. 수업이 끝나려면 아직도 30분 이상 남아 있었다.

—최누리.

—나…… 나?

—나와.

고방천의 얼굴엔 아무런 웃음기도 남아 있지 않았다. 차갑게 굳은, 철갑으로 무장한 무정한 투사처럼 무표정한 얼굴과 낮은 목소리로 최누리를 불렀다. 영문을 모르는 최누리가 행동을 망설였다. 대신 최누리는 문자훈을 바라봤다. 문자훈은 최누리와는 눈을 마주치지 않은 채 고방천만 바라봤다. 문자훈의 얼굴은 성가시고 짜증스런 표정으로 돌변해 있었다. 고방천이 무슨 방법으로 자신이 설정한 적수의 기를 꺾을지 짐작했기 때문이다. 문자훈은 야만적이고 불가해하기만 한 고방천만의 방법을 여전히 이해하지 못했다. 그 순간 문자훈의 마음속엔 피해갈 수 없는 한 문장의 자조가 떠올랐다. '이래서 무식하고 돈 없는 새끼들과는 어울리지 말아야 해. 아예 유학을 가버릴까.'

　— 나오라니까!

　더 이상 문자훈도 백영중도 자신을 변호해주지 않음을 확인한 최누리가 울상이 되어 교실 앞으로 걸어 나갔다. 고방천은 교탁을 옆으로 밀어젖힌 다음 교탁 안에 보관된 쇠파이프를 꺼내 들었다. 고방천의 손에 청테이프로 감은 쇠파이프가 쥐어진 걸 목격하는 순간 최누리의 몸이 그 자리에 얼음처럼 굳어버렸다. 녀석은 다시 창가에 앉은 문자훈을 바라봤다. 문자훈은 아예 고개를 숙여버렸다.

　최누리가 겁을 먹고 뒷걸음질 칠 때였다. 고방천은 아무 말도 하지 않았다. 아무 말 없이 그대로 쇠파이프를 최누리의 옆구리를 향해 휘둘렀다. 강한 힘으로 휘두르는 고방천의 쇠파이프에 옆구리를 얻어맞은 최누리가 비명을 지르며 몸을 숙였다. 때맞춰 고방천의 쇠파이프가 최누리의 머리통과 어깨를 사정없이 내리쳤다. 다시 한번 최누리가 비명을 지르며 바닥에 곤두박질쳤다. 원생들은 이 섬뜩한 광경을 그대로 목격해야 했다. 주일우도 예외는 아니었다. 고방천은 손환의 옆자리에 앉은 주일우를 보며 이기죽거렸다. 얼굴을 흉측하게 일그러뜨리며, 다시금 비웃는 태도를 취하더니 자리에서 일어나지 않는 최누리를 억지로 일으켜 세워 허벅지와 정강이, 엉덩이 등의 부위를 쇠파이프로 내리쳤다. 살을 찢는 듯한 고통이 예고 없이 밀어닥치자 최누리는 비명조차 제대로 지르지 못했다. 그런 녀석의 표정은 황당함과 억울함보단 공포만으로 가득했다. 무정한 짐승처럼 자신을 대하는 고방천을 바라보며.

최누리에게 쇠파이프를 휘두른 고방천이 내내 주일우를 바라보다 아예 그쪽을 향해 손가락을 뻗었다. 녀석의 검지가 가리킨 정확한 대상은 손환이었다.

─호모 새끼, 너도 나와.

손환이 주일우를 쳐다봤다. 하지만 쳐다보기만 할 뿐이었다. 이미 손환은 고방천이 자신의 이름을 부름과 동시에 엉거주춤 자리에서 일어나려고 했다. 잔뜩 겁을 먹은 손환의 손은 벌벌 떨리고 있었다. 주일우는 손환의 얼굴과 떨리는 손을 외면하지 않았다.

잔뜩 겁먹은 얼굴로 교실 앞으로 나온 손환에게 고방천이 의외의 반응을 보였다. 자신이 쥔 쇠파이프를 손환에게 건네준 것이다. 엉겁결에 쇠파이프를 건네받은 손환에게 고방천이 말했다. 언성 한번 높이지 않고, 짧고 간명한 고방천의 말 한마디가 교실의 깊은 정적 속에 유기된 원생들의 귀에 끔찍할 정도로 더한 선명함으로 들려왔다.

─두들겨 패.

─뭐?

— 최누리 저 새끼 까라고. 안 까면 네가 대신 맞아.

어느새 코피를 흘리는 최누리가 두 손을 휘휘 저으며 다가오는 손환을 막으려 했다.

— 오지 마. 씨발 새끼야. 오면 죽어.

— 이런 좆같은 새끼가.

최누리가 손환을 향해 협박의 말을 건네자마자 고방천의 발차기가 최누리의 얼굴을 강타했다. 얼굴을 얻어맞고 휘청거리는 최누리를 향해 고방천이 사정 봐주지 않고 주먹세례를 퍼부었다. 꼼짝없이 당한 최누리가 끝내 책상 밑으로 기어들어가자 고방천이 행동을 멈췄다. 숨을 고른 녀석이 그제야 이런 해괴한 의식을 벌이는 이유를 설명해주었다. 누구에게도 쉽게 설명되지 않는 그 자신만의 궤변이었다.

— 일진이 이렇게 약해서 어디다 써? 개병 걸린 개새끼 설치는 거 하나 못 잡아 나까지 불렀으면 엉망진창 난 일진의 질서에 대해 책임을 져야 할 거 아냐. 안 그래. 좆만 한 새끼들아.

고방천의 대상이 최누리에서 소위 일진 전체로 번졌다. 좆만한 새끼들이란 말을 들을 때 문자훈이 고개를 더 깊게 숙였다. 백영중은 이 광경을 놀란 눈으로 지켜봤다.

주일우는 달랐다. 문자훈처럼 고개를 숙이지도, 백영중처럼 생전 처음 보는 난폭한 장면을 목격하는 아이같이 놀란 눈을 크게 뜨지도 않았다. 묵묵히, 한 장면도 피하지 않고 고방천의 소위 군기 잡기를 지켜봤다. 고방천만의 해괴하고 끔찍한 방법을.

고방천이 재차 손환에게 명령했다.

—내리쳐. 안 그럼 네가 대신 죽어.

그 말을 듣자마자 손환이 행동했다. 책상 속으로 기어들어간 최누리를 향해 서툰 손짓으로 쇠파이프를 휘두른 것이다. 책상을 방패막이 삼았지만 별 소용이 없었다. 최누리의 얼굴에서 코피가 쏟아졌고, 녀석은 울기 시작했다.

처음엔 서툴렀지만 몇 번 휘두르자 손환의 손짓도 절박해졌다. 손환은 필사적으로 최누리를 표적 삼아 쇠파이프를 휘둘렀다. 손환의 손은 여전히 떨렸으며, 쉼 없이 주위를 두리번거리며 앞으로 벌어질 일에 대한 두려움에 못 이겨 괴로워했다.

어느 정도 시간이 지났을까. 휘두르다 지친 손환이 그 자리에 주저앉았다. 바닥에 떨어진 쇠파이프를 주운 고방천이 여전히 책상 속에 숨어 있는 최누리의 머리통을 붙잡았다. 비명을 지르는 최누리를 밖으로 끌어낸 고방천이 이번엔 백영중을 불렀다. 놀란 눈을 더 크게 뜬 백영중이 물었다.

—나?

고방천이 성가시다는 듯한 말투로 말했다.

—두 번 말하게 하지 마. 죽는다.

엉겁결에 백영중이 교실 앞으로 걸어 나왔다. 백영중이 다가오는 걸 확인한 고방천이 이번엔 겁에 질려 몸을 버둥거리는 최누리의 손에 쇠파이프를 쥐어주며 말했다.

—두들겨 패.

—영중이를?

—아까 말했지. 너희들은 일진의 체면을 스스로 깎아먹었어.

여기 모인 새끼들 다 보는 앞에서, 그리고 너희들이 때려잡으려 했던 그 개새끼가 보는 앞에서 똑똑히 보여줘.

—뭐…… 뭘?

—우리들이 당한 것만큼 배로 돌려주겠다고. 그게 일진이란 걸 보여주란 말이야.

—방…… 방천아.

—알아들어? 새끼야. 이게 진짜 복수고 이런 게 일진이야. 칼이 없는 걸 다행으로 생각해. 칼이 있었으면 최소한 손가락 마디 하나는 잘랐어.

손가락을 자른다는 말에 잔뜩 겁먹은 최누리의 반응은 오히려 더 힘껏 쇠파이프를 손에 쥐는 것이었다. 고방천이 턱짓으로 최누리에게 재차 명령하자 녀석은 앞뒤 가리지 않고 백영중을 향해 쇠파이프를 휘둘렀다.

백영중이 반사적으로 최누리가 휘두른 쇠파이프를 피한 순간이었다. 옆에서 백영중의 행동을 지켜보던 고방천이 욕설을 내뱉으며 순식간에 백영중의 옆구리를 발로 내리찍었다.

—이 개새끼가!

고방천에게 옆구리를 얻어맞은 백영중이 순간 입을 크게 벌리며 고방천에게 주먹을 내보였다. 백영중의 부러진 치아를 확인한 고방천은 잽싸게 최누리로부터 쇠파이프를 빼앗더니 그대로 백영중의 머리를 향해 휘둘렀다. 오른팔로 머리를 감싸던 백영중의 팔과 쇠파이프가 정면으로 충돌하는 순간 '우두둑' 소리가 교실 전체에 울려 퍼졌다. 곧이어 백영중의 외마디 비명 소리가 들렸다. 고방천은 작심한 듯 이를 악물었다. 그러곤 강타당한 백영중의 오른팔을 제물 삼아 마구잡이로 쇠파이프를 내리쳤다. 백영중이 고방천의 쇠파이프를 피하려 했지만 녀석의 몰아붙임을 당해낼 재간이 없었다. 고방천은 아예 한 손으론 쇠파이프를 휘두르며 다른 손으론 백영중의 어깨나 머리, 목덜미를 붙잡고선 발로 녀석의 허벅지와 옆구리, 가슴 부위를 닥치는 대로 내리찍었다. 고방천의 빠르고 절도 있는 공격에 백영중은 눈도 제대로 뜨지 못하고 허우적거렸다. 고방천은 시간이 지날수록 자신 앞에 나타난 거대한 먹잇감을 도살하기 위해 상상을 초월한 집중력을 보여주었다. 최누리도, 손환도 그 모습 앞에 아연실색했다. 주일우는 고방천의 행동을 외면하지 않고 지켜봤다. 표정은 덤덤해 보였지만, 주일우의 마음속에서는 고요한 파문이 일고 있었다. 고방천의 모습에서 아르바이트를 하던 자신의 괴물 같은 모습을 발견했기 때문이다. 철거민들의 아우성을 도살장 가축의 울음소리 정도로 생각하는 그 끔찍한 무심함이 고방천의 폭력을 통해 그대로 주일우에게 전달되었다.

끝내 거구의 백영중이 고방천 앞에 무릎을 꿇었다. 가쁜 숨을 몰아쉰 고방천이 최누리에게 쇠파이프를 건네준 다음 이마에 땀을 닦았다. 쇠파이프를 건네받은 최누리는 고방천이 별말을 하지 않았음에도 알아서 무릎 꿇은 백영중을 향해 일진의 매운맛을 보여주었다.

최누리를 뒤로한 채 고방천이 걸음을 옮겼다. 녀석이 멈춰 선 곳은 주일우와 문자훈 앞이었다. 두 자리 사이에 선 고방천이 주일우를 비웃는 표정으로 내려다봤다. 주일우도 고방천과의 눈싸움을 피하지 않았다. 고방천의 번들거리는 눈동자가 주일우의 마음속 파문을 부추겼다. 교실 앞에 있던 한희상이 자리에서 일어섰다. 한희상이 일어서는 걸 보자마자 최누리가 하던 동작을 멈췄다. 한희상이 턱짓으로 교탁을 제대로 할 것을 지시했다. 동시에 앞문과 뒷문도 열렸다. 최누리가 백영중을 끌고 교실 뒤, 자신의 자리로 끌고 갔다.

고방천이 입을 열었다. 주일우를 보고 있지만 호명의 대상은 달랐다.

—야, 문자훈.

깜짝 놀란 문자훈이 고개를 들었다. 아수라장이 된 교실을 두리번거리다 자신의 이름을 부른 고방천을 향해 더듬거리는 말투로 답했다. 문자훈의 얼굴엔 두려움과 공포가 가득했다. 예전, 일찌감치 중학교를 중퇴하고 동네 조폭들과 어울리던 고방천 패거리에게 붙잡혀 지독하게 당했던 장면서부터, 고방천 밑에 들어가기 위해 별의별 짓을 다하던, 한때는 자신의 친구네 집까지 들어가 도둑질을 해야 했던 악몽까지 벼락이 쏟아지듯 한순간 문자훈을 압도했다.

—으…… 응? 왜…… 왜?

말을 더듬는 문자훈을 향해 고개를 돌린 고방천이 다음과 같이 말했다.

—쫄았냐?

—쪼…… 쫄기는.

—새끼, 내가 아무렴 너한테까지 일진 놀이 시키겠냐?

—그…… 그래. 그렇지?

문자훈이 억지웃음을 지어 보였다. 주일우가 문자훈을 쳐다봤다. 주일우를 향해서도 억지웃음을 짓는 문자훈을 보면 일면 마음의 동요가 일었다. 지금 자신의 모습은 고방천과 닮았으며, 자신보다 더 강력한 힘을 가진 존재에게 잔뜩 겁을 먹고 두려워 어쩔 줄 몰라 하는 문자훈이 주월우 같다는 대상의 혼란이 일어난 것이다. 납득하기 어려웠다. 지금 이 순간 끓어오르는 혼란을 주일우로서는 어떻게 처리해야 할지 곤란했다. 하지만 여전한 건 마음과 머리에서 나타나는 혼란과는 별개로 자신을 압도하는 하나의 기억뿐이었다. 월우에 대한, 영원히 지워질 수 없는 기억. 그 기억의 불변함을 확인한 주일우는 슬퍼졌다. 고방천마저도 측은하게 느껴졌다. 이 기억이 지워지지 않는 이상 질주는 멈추지 않을 것이기 때문이다.

고방천이 문자훈을 데리고 화장실로 향했다. 한희상 역시 둘이 나간 후 별다른 언급 없이 밖으로 나가버렸다. 최누리의 터진 입술, 부은 눈, 백영중의 부러진 팔까지, 그 모든 사태에 대해서 함구해버렸다. 그리고 남은 건 아이들의 몫이 되었다.

6

누구도 돕지 않았다. 아무래도 팔이 부러진 것 같다는 백영중의 말은 허망한 독백으로 돌아올 뿐이었다. 수업 시작을 알리는 차임벨이 울리자 감시 교정 교사가 아이들을 인솔해 숙소로 데려갔다. 백영중은 부어터진 입과 팔로 자리에서 일어나려 했지만 그 자리에 주저앉고 말았다. 감시하는 교사는 무슨 일이 일어났는지 묻지 않았다. 묻고 싶지 않은 눈치였다. 언제나 그래왔다. 어쩌면 이런 순간 찾게 되는 건 한희상과 같은 미친개일지도 모른다. 기분 내키는 대로 두들겨 팬 후에 약을 발라주고 적당한 처방도 내려주는 존재. 교정 교사는 싸늘한 눈빛으로 바라보기만 할 뿐, 아무 조치도 취하지 않았다. 대신 그가 말한 후속 조치가 있었는데, 마지막까지 반에 남아 있는 주일우에게 백영중을 양호실로 데려가라는 말이 고작이었다. 담당 양호 선생님이 퇴근해버린 양호실에 남아 무엇을 어떻게 하려는지 말이 없었다. 알아서 처리하는 수밖에 없었다.

교정 교사를 따라 양호실로 간 주일우는 백영중을 자리에 앉힌 다음 압박붕대와 소염제를 가져와 백영중의 팔목을 걷어 올렸다. 감시 교사는 주일우가 가져간 약품들을 서류에 기입해 넣는 것을 끝으로 밖으로 나갔다. 양호실엔 둘만 남았다. 백영중은 묵묵히 자신의 팔에 붕대를 감고 스프레이 타입의 소염제를 환부에 분사하는 주일우를 향해 말했다. 녀석은 주일우가 듣건 말건 상관없이 말을 이었다.

—작년 크리스마스이브 저녁 8시에 나, 자훈, 누리 이렇게 세 명이서 월우가 아르바이트하는 편의점에 갔어. 성곡동 바이더웨이.

백영중의 말에 잠시 멈칫하던 주일우가 압박붕대 묶는 일을 계속했다. 백영중은 마치 다른 사람 일을 이야기하듯 자신이 겪었던 악몽의 불씨가 되었던 사건을 회고했다. 담담하고 낮은 목소리가 텅 빈, 푸른빛 페인트가 칠해진 양호실 벽면 전체에 울려 퍼졌다.

—환이는 그때 편의점에 없었어.

—알고 있어.

—알고 있다고?

—환이 목소리가 들리지 않았어.

—…….

—월우의 휴대폰으로 전화를 걸었어. 월우가 전화를 받자마자 너희들 목소리가 들렸어. 월우는 폰을 끄지 않았어.

—어디까지 들었어?

—백영중, 네가 소리치고 유리가 부서진 다음, 그다음부터 아무것도 들리지 않았어.

—그때, 누리가 편의점 냉장고를 부쉈고 자훈이가 월우를 끌고 밖으로 나갔어.

—넌?

—나와 누리는 편의점에 남아 환이를 기다렸어. 그날은 환이가 당번이었거든.

—당번?

—애들한테 정기적으로 상납받는 날.

압박붕대가 제법 정교하게 백영중의 팔목을 감싸 줬다. 마지막으로 붕대를 동여 묶을 때 백영중의 입에서 짧은 탄성이 터져 나왔다. 탄성을 지른 뒤 백영중이 다시 말을 이었다.

─자훈이가 월우를 끌고 나간 지 두 시간쯤 지났어. 10시쯤에 우린 홍대 근처 호프집에서 다시 만났지. 내가 물었어. 월우는 어떻게 됐느냐고.

─문자훈이 뭐라고 말해?

─아무 말 안 했어. 내가 물어도 별말 않고 술만 마셨어. 그날 꽤 마셨을 거야. 다음 날인 크리스마스 아침까지 쉬지 않고 마셨으니까.

─…….

─네가 믿든 믿지 않든 상관없지만 알아둬야 할 것 같아서. 그게 우리한테 그날 일어난 일 전부야.

붕대를 묶은 백영중이 자리에서 일어났다. 주일우는 자리에 앉아 물끄러미 양호실 벽을 쳐다봤다. 푸른빛만으로 가득한 벽을 바라보던 주일우는 백영중이 양호실 문을 열고 나가려 할 때 말문을 열었다.

─백영중.

백영중이 뒤돌아 주일우를 바라봤다. 내내 벽을 지켜보던 주일우가 백영중과 눈을 마주하며 말했다.

─미안해.

7

노크 소리가 들렸다. 상담실의 오래된 적막이 깨지는 순간이었다.

서류를 뒤적거리던 조순우는 노크 소리에 아무 반응도 보이지 않았다. 어차피 이 시간에 자신이 여기에 있다는 걸 원생들은 다 알고 있다. 자신들의 순서, 요일에 맞춰 상담을 받으러 오는 시간. 조순우는 오늘의 상담원생과 관련된 파일을 살피고 있었다. 성매매 알선, 폭력조직 활동. 범죄 사항에 대한 제목만 듣고서는 악질 중의 악질의 이미지를 떠올리기 충분했으나 보호관찰 3호 처분을 받은 녀석의 사진을 보면 측은한 마음부터 앞섰다. 조순우는 그렇게 느꼈다. 여리고 유약해 보이는 눈매, 여성스러운 턱선을 보면 그저 평범하기만 한 인문계 고등학교 재학생으로 봐도 손색이 없는 학생이 성매매 알선이라니. 조순우는 이 평범하고 조금은 예쁘장하게 생긴 오늘의 상담원생을 보며 잠시 상념에 빠져들었다.

두번째 노크 소리. 이번에도 문밖의 원생은 들어오지 않고서 노크했다. 두번째 노크 소리를 듣자 조순우가 반응했다.

—들어와.

—…….

—문 열렸어.

한참이 지난 후에야 상담실 문이 열렸다. 조순우는 서류를 덮고 원생을 맞이했다. 하지만 문이 열리고 자신의 상담실로 들어온 원생과 마주하는 순간 조순우의 얼굴은 차갑게 굳어버렸다. 안으로 들어온 원생 역시 경직된 몸짓은 마찬가지였다. 그는 주일우였다.

—주일우?

—…….

—오늘 상담은 손환이야.

—선생님을 뵙고 싶어서요.

—나를?

—예.

—오늘?

—예.

—왜?

'왜'라고 묻긴 했지만 조순우의 긴장된 낯빛은 이미 많은 것을 주일우와 교감하고 있는 듯했다. 고방천의 등장 이후 소년원 내의 분위기가 어떻게 재편되었는지 조순우를 비롯한 모든 교도관 선생들은 잘 알고 있었다. 한희상이 고방천의 망동에 대해 그 어떤 제지도 가하지 않는다는 현실을 선생들부터 인정하는 분위기였다. 원생들의 질서를 잡는 일은 지금까지 한희상의 몫이었다. 그런데 그 한희상이 흡사 고방천에게 권력을 위임한 듯한 방관의 태도로 일관하고 있었다. 상황이 이상하게 흘러가고 있음에도 선생들은 소년원을 마치 자신의 수중에 들어온 구역인 것처럼 설쳐대는 고방천의 월권을 막지 않았다. 질서 잡기의 주역인 한희상이 침묵하는 마당에 군이 자신들까지 나서야 할 필요를 느끼지 못한 것이다. 고방천의 월권행위가 소년원 전체의 질서를 어지럽힌다면 모를까, 그렇지 않았기에 더 방관했던 건지도 모른다. 고방천은 마치 한희상의 역할을 대신하는 하수인처럼 행동했다. 스스로 원생들 간의 갈등과 무질서를 그 나름의 험악한 방법으로 다스렸기에 선생들은 특별한 문제만 생기지 않는다면 고방천의 행동을 부러 저지하지 않고자 했다. 주일우가 답했다.

— 저번 주 상담 때 기억하세요?

— 뭘?

— 제게 심부름 시켰던 일 말이에요.

— 그래.

— 그 심부름…… 제게 뭔가 알려주고 싶어 하셨던 것 같아서요.

— …….

— 그래서 다시 상담받으라고 하셨던 거 아닌가요.

— …….

비품실에서 세탁물을 수거하라는 심부름을 시킨 조순우에게 주일우는 보다 확실한 것을 묻고 싶었다. 동시에 확인받고 싶었다. 자신이 생각하고 있는 조순우의 의도가 자신의 짐작과 동일한 것이라면, 그렇다면 이제는 행동해도 되지 않느냐는 질문. 그 결기가 주일우의 가슴속 깊은 곳으로부터 솟구쳐 올랐다. 조순우는 지금 문 앞을 가로막고 선 주일우로부터 그 솟구침을 실감

했다. 부정되지 않는, 불가항력과도 같이 치솟는 힘, 복수의 정
염을.

짧은 한숨을 내쉰 조순우가 다른 화제의 질문을 건넸다.

─환이는?

─환이는, 지금 없어요.

─어디 있는데?

─그건 선생님이 더 잘 아시잖아요.

─뭐?

─환이 상담은 내일 해주세요.

─…….

─부탁드려요.

─그래야 할 특별한 이유라도 있니?

─그 역시.

─…….

─선생님이 더 잘 아실 거라고 생각해요.

─무슨 근거로 그렇게 말하지?

─그날 심부름의 의미, 저 어렴풋이 알 것 같아요.

─…….

─그래서 말씀드리는 거예요. 더는 늦출 수가 없어요.

─고방천하고 너, 친구 사이 아니었어?

─친구요?

조순우가 '친구'란 말을 꺼내자 주일우의 얼굴이 더한층 경직
되었다. 그 순간 주일우는 몇 가지 질문을 자신의 마음속에 던졌

다. 섬뜩했다.

고방천은 내게 어떤 의미인가? 친구인가?

'친구'란 말이 독사의 독처럼 주일우의 마음과 머리를 아득하게 했다. 아무것도 생각나지 않았다. 다만 떠오르는 건 고방천과 함께 철거 현장을 찾아들었을 때의 일뿐이다.

고방천, 주일우와 같은 고등학교 자퇴생들에게 기회를 주는 곳은 많지 않았다. 클럽 삐끼나 야간 업소를 관리하는 전문 조직 폭력배들의 잔심부름꾼이 고작이었다. 그런 상황에서 주일우에게 고액 아르바이트를 알선한 이가 있었는데, 그가 바로 고방천이었다.

일찌감치 고등학교를 자퇴하고 동네에서 악명 높기로 소문난 골목 조폭들과 어울리며, 하우스 도박장이나 룸살롱 허드렛일을 하던 고방천이 주일우를 데리고 깊은 새벽 시간에 찾은 곳은 철거민 농성장이었다. 경찰들의 감시가 의도적으로 소홀한 새벽 시간을 틈타 번개같이 농성장으로 달려들어 쑥대밭을 만들어놓는 기습 철거 아르바이트에 함께 참가한 주일우는 그때 고방천으로부터 악마의 모습을 보게 되었다. 일말의 죄의식, 망설임도 찾아볼 수 없는 고방천의 지독한 무감각을 목격했던 것이다.

고방천은 자신의 인생에서 도덕, 가족, 윤리, 우정, 사제지간, 사회적 통념 따위를 말끔히 소거해버린 눈빛을 가졌다. 고방천이 그 눈빛을 획득하기 위해 얼마나 오랜 시간, 얼마나 잔인한 거리의 시궁창 속을 뒹굴었을지를 생각하자 주일우의 몸 전체에 소름이 돋았다. 스스로 괴물이 되기 위해, 그렇게라도 해서 적어도 자신의 영역에서만큼은 무시당하지 않기 위해, 가난하고 배우지 못하고, 출신, 배경, 그 어느 것도 변변치 않은 자신의 열성 유전자를 아예 뿌리부터 잘라내기 위해 어떤 수위의 잔인성을 선택해야 했는지를 가늠해보면 주일우의 가슴속에서 무거운 돌 하나가 내려앉는 기분이 들곤 했다. 그런데 자신의 현재도 돌이켜보면 고방천과 크게 다르지 않다는 사실을 발견했다. 그 발견이 지금 친구라는 말 한마디를 듣는 순간 되살아났다. 고방천을 통해 보게 된 괴물이 되어버린 자신의 망령을. 주일우는 이 순간 절박하게 묻지 않을 수 없었다. '난 괴물이 될 수 없다. 아니, 괴물이 되든 그 무엇이든 상관없다. 지금 내게 필요한 것이 무엇인가. 내가 여기서 해야 할 일이 무엇인가. 그것만 생각하자. 그것만.'

잠시 뜸을 들인 조순우가 거듭 물었다.

—고방천과 같은 동네, 같은 학교를 다녔더구나. 함께 아르바이트한 적도 있었다는데, 사실이야?

—그럼 그 사실도 아시겠네요.

—……?

—문자훈이 날 잡기 위해 고방천을 이곳으로 끌고 왔다는 것도요.

—일우야.

몇 마디 더 꺼내려던 주일우의 말을 조순우가 가로막았다. 이건 더 이상의 설명이 필요 없는 오차 없는 시나리오다. 문자훈이 자신을 보호하기 위해 함께 어울리던 고방천을 이곳으로 끌어

들였을 거란 시나리오. 보호감호 처분을 받는 소년원은 일반 재소자를 상대로 하는 교도소보단 담당자들의 재량이 행정 처리에 좀더 유연하게 작용되는 법이다. 조순우는 문자훈의 부친이 경찰청 인사들과 친밀한 관계를 맺기에 아주 높지도, 그렇다고 영향력이 없는 것도 아닌 자리에 몸담고 있음을 잘 알고 있었다. 아들의 요구에 의해 고방천의 소년원 이송을 성사시키는 게 그렇게까지 까다로운 일이 아니라는 것까지도.

조순우는 이제 주일우가 자신에게 무엇을 요구하는지 분명히 알 수 있었다. 하지만 그 요구를 들어준다는 게 어떤 의미인지도 모르지 않는 상황에서 조순우는 섣불리 행동하지 못했다. 만약 잘못되기라도 하면 주일우의 앞날은 철저한 어둠으로 얼룩지게 된다. 더 이상의 개선도, 더 이상의 변화도 도모할 수 없는 구렁 속으로 빠지고 말 것이다. 조순우는 망설였다. 주일우는 그의 망설이는 모습을 똑똑히 보고 있었다. 주일우는 조순우가 무엇을 말하고자 하는지 알고 있었다. 그리고 그에 대한 대답 역시 변하지 않을 거란 생각까지도 동일했다.

— 어쩌면 마지막이 될 수도 있다.

— 될 수 있는 게 아니라 전 이미 마지막을 넘어섰어요.

— 일우야.

— 할머니가 죽었을 때, 월우가 살해당했을 때 마지막이란 벽도 함께 무너졌어요. 제게 남은 건 단 하나예요.

— …….

— 제게서 그걸 보셨기 때문에 비품실 심부름을 시키셨던 거

아닌가요? 제가 잘못 알고 있는 건가요?

　—…….

　—더 이상 절 막지 마세요. 월우를 생각해서라도 그게 정답이에요.

주일우의 낮은 목소리가 상담실 전체에 엄청난 무게감을 갖고서 조순우를 짓눌렀다. 조순우는 이미 체념하고 있었다. 주일우를 막을 수 없다는 사실, 또한 그런 주일우에게 자신 역시 기회를 줘야 한다고 느끼는 사실까지도. 조순우의 굳은 얼굴이 더욱 창백해져갔다. 주일우와 눈을 마주치는 것 자체가 조순우에겐 고문이었다. 저 얼굴에서 언제쯤 복수의 폭거가 가라앉게 될까.

망설임이 지속되었지만 그럴수록 주일우의 태도와 눈빛은 단호하고 명확했다. 처음부터 결정된 일이었다. 조순우는 자신이 말린다 해도 주일우가 어떤 방법을 사용하든 망자가 된 주월우를 결박하고 있는 억압의 사슬을 끊어내고 말 거란 사실을 인정해야 했다. 이 경우 조순우는 자신이 해야 할 일이 무엇인지에 대해서 고민하지 않을 수 없었다. 단 하나의 선택으로 압축되는, 너무 분명해서 오히려 혼란을 가중시키는 고민이었다.

선택을 망설이는 조순우에게 주일우가 짧고 간결한 답을 더했다.

　—선생님께 피해가 가는 일은 결코 없을 거예요.

　—난 단지 이곳에서 벌어지는 일의 진실을 알아야 할 필요가 있을 것 같아서 그랬던 거였어. 이런 식의 방법은 생각해보지 않았다.

─제게 다른 방법은 없어요.

─…….

─죄송합니다.

주일우가 죄송하다는 말을 꺼낼 때, 조순우가 자리에서 일어났다. 그러곤 상담실 책상을 열어 커다란 열쇠 꾸러미를 주일우에게 건네주었다. 열쇠 꾸러미를 받아든 주일우가 직접 견출지에 메모해놓은 열쇠들을 살펴보았다. 그러다 원하는 열쇠를 발견하고는 그것을 꾸러미에서 분리했다.

열쇠를 손에 넣은 주일우가 목례를 했다. 다시 자리에 앉은 조순우는 주일우의 예의 바른 인사에 반응하지 않았다. 대신 더없이 걱정스런 눈길로 자신으로부터 등을 돌려 상담실 밖으로 나가는 주일우를 지켜보기만 했다.

8

문고리에 열쇠를 밀어 넣는 순간, '철컥' 하는 철성이 들렸다. 철성이 흘러나옴과 동시에 주일우의 동작도 순간 정지했다. 주일우가 철문에 귀를 갖다 댔다. 안에서 들려오는 소리에 귀 기울였다. '철컥' 소리에 세탁실 안에 있던 그 누군가들의 소리가 중단될 것을 우려했다. 하지만 소리는 계속되었다.

세탁실 안은 여러 소리들의 총합이었다. 대형 세탁기 가동음과 오래되고 녹슨 환풍기 회전 소리, 난방기 가동 소리까지.

하지만 지금 주일우의 귀에 들려오는 건 단 한 가지, 손환의 절규였다.

세탁실의 철문을 열고 한 발 안으로 들이는 순간 손환의 절규는 더욱 또렷하고 그만큼 무참하게 주일우의 귓가에 울려 퍼졌다. 손환은 고통을 견디다 못해 비명을 지르고 있었다. 하지만 그 비명은 침묵의 성질을 닮아 있었다. 여러 켤레의 양말이 손환의 입을 틀어막고 있었기에, 손환은 그저 '으으으' 하는 낮고 불분명한 신음을 토해내는 것 외에 그 어떤 다른 소리도 내지 못했다.

하지만 주일우는 그 소리를 통해서 손환의 절규를 똑똑히 들을 수 있었다. 아픈 것이다. 머리부터 발끝까지, 자신의 신체 곳곳이 갈가리 찢겨지는 듯한 고통이 매 순간순간 섬뜩하고 무자비하게 손환의 감각 깊이 파고드는 것이다. 주일우는 마른침을 삼켰다. 더욱 대담하게 한 걸음 두 걸음 손환이 있는 곳으로 다가갔다. 대형 세탁기가 거친 소리를 토해내는 그곳, 손환은 두 손을 세탁기 유리 보호막에 대고 반쯤 엎드린 채 서 있었다. 손환의 바지는 녀석의 종아리 근처까지 내려져 있었다. 팬티는 찢어진 채 바닥에 떨어져 있고, 바닥엔 공업용 그리스 통도 함께 뒹굴고 있었다.

한희상은 이 순간 아무 소리도 듣지 못했다. 문이 열리는 소리, 불청객이 자신의 바로 뒤까지 접근하는 동안 충분히 들을 수 있을 법한 주일우의 발소리, 그 어떤 소리도 듣지 못했다. 심지어 지금 한희상의 귀에는 세탁기 소리조차 들리지 않았다. 그 모든 소리들은 자신의 지독한 쾌락, 그 도가니 속에서 윙윙거리는 날벌레의 날갯짓으로만 인식될 뿐이었다. 그에겐 지금 이 상황만이 절대였다. 이 순간만큼 한희상은 왕이었고, 동시에 노예였다. 손환과 같이 애초부터 계도가 불가능한 인간쓰레기들의 왕이었고 그런 쓰레기의 항문을 미친 듯 파고드는 쾌락의 노예였다. 한희상은 더욱 격렬하게 손환과의 동성애에 몰두했다. 그간 고방천 때문에 쌓인 스트레스도 해소할 겸 더한층 거칠게 여성과 같은 손환의 부드러운 몸에 탐닉하며, 혼잣말에 가까운 독백을 두서없이 내질렀다.

— 쓰레기 같은 것들…… 씨발…… 너희 같은 기생충들은…… 모조리 박멸해야 돼…… 씨발 새끼들…… 아무 짝에도 쓸모없는 개, 똥파리 같은 새끼들…….

한 손으로 손환의 짧은 머리칼을 짓이기듯 움켜쥔 한희상은 다른 손으론 손환의 사타구니를 붙잡고 더욱 힘 있게 자신의 성기와 손환의 항문을 밀착시키는 데 필사적이었다. 더 깊게 밀어넣기 위해 발버둥 치면 칠수록 손환의 다리 사이, 그 하얀 속살을 타고 검붉은 핏물이 빠른 속도로 흘러내렸다.

— 흐흐흑…… 흑흑! 으으…… 쓰레기들…… 불에 태워 없애버려야 할 병균들…… 개, 똥파리들아…… 죽어! 죽으라고! ……흐흐흐흑.

한희상의 쾌락이 절정으로 치닫는 그 순간, 한희상의 핏발 선 눈에 분명한 그 무언가가 날아들었다. '픽' 하는 소리와 함께 한

희상의 눈앞이 캄캄해졌다. 쾌락의 극한을 치닫던 성기의 감각
도 급작스럽게 가라앉았다. 이게 무슨 일일까 싶어 눈을 뜨려 했
지만 한희상의 눈은 뜨이지 않았다. 뜰 수가 없었다. 아니, 눈을
뜬 것 같은데, 무언가를 보기 위해 더 힘껏 부릅뜬 것 같은데 눈
앞에 펼쳐진 거라곤 형체를 알 수 없는 시커먼 물질들의 무질서
한 움직임이었다. 그 순간 한희상은 무언가 강력한 힘이 자신의
목덜미를 잡아끌었음을 이해했다. 그 힘이 손환의 몸속 깊이 욱
여넣은 자신의 몸을 순식간에 어딘가로 밀어 넣었음도 실감했
다. 차가웠다. 차가운 냉기와 짙은 향기를 품은 세제 냄새가 진
동했다. 어지럽고 괴로웠다. 무엇보다 숨이 막혀 견딜 수가 없었
다. 방금 전 품었던 절정의 쾌락이 죽음의 고통으로 돌변한 느
낌이었다. 한참 헹굼이 진행 중이던 시퍼런 대형 세탁기 통 속
에 머리를 비롯해 상체가 밀려들어간 한희상이 두 팔을 허우적
거리며 절박하게 고통을 호소했다. 입을 벌리자 수면 위로 수많
은 물방울들이 떠올랐다. 주일우는 한희상의 발작이 가라앉을
때까지 그를 붙잡은 어깨와 목덜미를 놔주지 않았다. 손환은 자
리에 주저앉았다. 너무 놀라 주일우와 녀석에게 목이 잡혀 세탁
기 통 속에 몸의 절반이 잠겨버린 한희상의 발버둥을 지켜보기
만 했다. 바지를 입으려 했지만 손이 덜덜 떨려 제대로 입을 수
없었다. 그저 바닥에 주저앉은 채 떨리는 몸을 어쩌지 못하고 이
갑작스런 상황을 지켜보기만 할 뿐이었다.

시커먼 물체, 푸른 물속에 뒤섞여 드는 그것이 희미한 하나의

형체로 집중되는 순간이었다. 저항의 손짓이 점점 더 잦아들고 죽음의 공포가 실제가 되어 수면 위로 떠오르는 순간, 그때서야 한희상은 세탁기 통 밖으로 빠져나올 수 있었다. 한희상의 머리를 들어 올린 주일우는 그대로 그를 손환이 주저앉은 바로 옆에 내동댕이쳤다.

한희상이 바로 자신의 옆에 쓰러져 바닥에 고개를 처박자 손환이 비명을 질렀다. 하지만 비명 소리조차 파묻힐 만큼 세탁실 안의 기계음은 엄청났다. 어떤 소리도 제대로 듣기 힘들 지경이었다.

고개를 파묻던 한희상이 쿨럭거리며 정신을 차렸다. 느닷없이 찾아온 이 상황을 파악하기 위해 고개를 돌리려던 찰나였다. 상체를 돌려 자신 앞을 가로막고 선 검은 그림자가 누구인지 확인하고자 할 그때 한희상의 입에서 외마디 비명이 터져 나왔다. 무언가 강력한 힘이 알몸인 자신의 낭심을 강타했기 때문이다.

그야말로 아찔한 고통이었다. 한희상은 숨을 쉴 수가 없었다. 가슴이 막혀왔고, 두 다리, 무엇보다 낭심에 아무 감각도 느껴지지 않았다. 그때가 돼서야 한희상의 시야에 자신을 가로막고 선 검은 그림자가 윤곽을 드러냈다. 주일우였다. 자신이 휘두른 쇠파이프에 얻어맞아 머리통이 깨지고도 자세를 풀지 않던 괴물. 그 괴물이 지금 자신의 벗은 하체를 향해 자비 없는 심판의 발길질을 거행하고 있었다.

한 번, 두 번. 그 후로도 주일우의 거친 발길질이 한희상의 낭심을 세 번 이상 강타했다. 세번째로 낭심을 강타당할 때 한희상은 비명조차 제대로 지르지 못했다. 숨이 막혔고, 눈앞에 보이던 모든 사물이 다시금 아득해졌다. 거대한 세탁기 가동음은 이제 막 탈수로 전환되었다. 이전보다 더한 소리를 쏟아내는 세탁기들 속에서 한희상은 울기 시작했다. 자신도 모르게 눈물이 나왔다. 숨을 쉴 수 있었으면 좋겠는데, 숨이 쉬어지지 않았다. 가슴이 답답했다. 주일우의 발이 한희상의 명치를 강타했기 때문이다.

주일우가 자신도 모르게 눈물을 쏟아내는 한희상의 멱살을 잡아 일으켰다. 몸을 일으키자 한희상은 그제야 다시 숨을 쉴 수 있었다. 한희상은 익사 직전에 구조된 사람처럼 세상 다시없는 절박함으로 숨을 내쉬며 쿨럭거렸다. 그제야 낭심 부위의 통증이 제대로 실감된 것일까. 한희상은 흐르는 눈물을 멈추지 않았다. 멈출 수 없었다. 입을 벌려 절박하게 숨을 내쉬며 통증 탓에 있는 대로 얼굴을 찡그린 한희상은 자신을 그야말로 죽일 듯 노려보는 바로 목전에 선 주일우의 시커먼 눈동자를 보며 아무 말도 하지 못했다. 주일우의 심하게 떨리는 음성이 들려왔지만 그에 대한 어떤 대꾸도 할 수 없었다.

―죄송해요. 죄송한데…….

―…….

―이렇게밖에 할 수 없었어요. 이해하시죠?

―…….

―이해하셔야 돼요.

―으…… 으으…….

한희상이 자신도 모르게 고개를 끄덕였다. 본능에 의한 굴복이었다. 그 순간 한희상은 아주 잠시 동안이지만 어렸을 적 아버지가 했던 말을 떠올렸다.

어떤 계기였을까. 초등학생이던 아들의 머리를 자신의 무릎에 눕히고는 머리를 쓰다듬던 아버지는 익숙한 무용담을 늘어놓듯 자신이 벌였던 왕년 행적을 자랑스럽게 이야기하곤 했다. 아버지와 마주 앉은 두 남자 동료, 그 세 명의 중심에 놓여 있는 작은 밥상과 그 위에 질펀하게 어질러진 정종과 소주병들. 한희상은 얼큰히 술에 취한 아버지의 무릎에 머리를 대고 앉아 마치 자장가를 듣듯 아버지의 무용담을 들으며 잠들곤 했다.

아버지는 어떤 악질이든 5분만 물속에 담가놓으면 천사가 된다고 말했다. 목덜미를 붙잡고 어깨를 짓누른 채 욕조 속에서 영원히 빠져나올 수 없을 거란 절망감만 제대로 심어주면 없던 비밀까지 털어놓는다고 했다.

"신념의 동지들, 웃기지 말라 그래. 더도 덜도 말고 5분이야. 딱 5분만 물속에 잠겨 있으면 그 공포에 못 이겨 그토록 지키고 싶어 몸이 단 신념과 이념, 모두 쓰레기통에 처박아버릴걸. 몸은 거짓말을 하지 않아. 몸은 정직해. 정직하다고."

9

서늘한 공기가 내내 교실 안을 휘감았다. 주일우가 고개를 들어 창밖을 바라보았다. 검은 먹구름이 잔뜩 끼어 있는 하늘엔 푸르른 기운을 찾아볼 수 없었다. 잿빛 하늘, 금방이라도 장맛비를 쏟아내도 이상할 것 없는 음울한 날씨였다.

금요일, 1교시부터 4교시까지. 주일우와 고방천, 문자훈 일행의 살벌한 동거가 계속되는 이곳 기술교육수업을 담당하는 건 언제나 그래왔듯 한희상의 몫이었다. 명색이 기술교육수업이지만 한희상은 한 번도 제대로 된 수업을 진행한 적이 없었다. 칠판에 '자습'이란 단어만 적어놓고는 창가 자리에 팔짱을 끼고 앉아 잠이 들거나 원생들에게 저속한 음담패설을 시키곤 했다. 그래도 한희상이 자리를 비운 적은 없었다. 한희상은 원생들을 계도하고 감시하는 차원에서 CCTV조차 믿지 못한다고 했다. 그만큼 한희상은 아무것도 하지 않는 수업을 철저히 지켜왔던 것이다.

그런데 오늘 1교시 수업에 한희상이 들어오지 않았다. 선생도 아닌 낯선 얼굴의 교정 직원이 성가시다는 표정으로 들어와 한희상 대신 칠판에 '자습'을 적어놓았다. '자습'을 적어놓은 교정 직원이 자리에 앉았고, 교실 뒷문을 열고 또 다른 교정 직원이 한 명 더 들어왔다.

서늘한 기운이 감돌기 시작한 건 그때부터였다. 1교시부터 시작된 한희상의 부재에 가장 민감하게 반응한 건 문자훈이었다.

한희상의 존재는 가장 합법적으로 자신들을 보호할 수 있는 방패막이와도 같았다. 더욱이 한희상은 사감 선생으로서 원생들의 질서 유지에 관한 한 소년원 관장으로부터 절대권력을 위임받은 존재가 아니던가. 그 한희상이 고방천에게 약점 잡혀 특권에 가까운 무소불위의 권력을 고방천에게 암묵적으로 위임한 상태였는데, 그런데 한희상이 없다면? 문자훈의 생각이 복잡해지기 시작했다.

불안의 기운은 고방천 역시 피해갈 수 없었다. 1교시, 2교시 모두 한희상이 불참하자 3교시가 되는 시간에 녀석이 손을 들어 한희상의 행방을 물었다. 교실 뒤를 지키고 선 교정 직원에게.

—선생님.

—말해.

—한 선생님, 오늘 휴가신가요?

—아니.

—그럼 왜 안 보이세요?

—병가 내셨다.

—병가요?

—응.

—얼마 동안요?

—내가 그걸 어떻게 알아? 시끄럽게 하지 말고 자습이나 해.

병가. 그 말을 듣는 순간 고방천, 문자훈 모두 일제히 손환을 바라봤다. 그들은 어제 손환이 세탁실에서 성상납을 마치고 숙소로 돌아왔을 때의 일을 기억했다. 손환의 손엔 언제나 다를 바 없이 담배 한 보루와 신경안정제 등 성상납에 따른 전리품이 쥐어져 있었다. 그래서였을까. 그들은 별 의심을 않고 있던 손환을 노려보듯 쳐다보았다. 성상납이 있은 다음 날 병가라니.

손환은 문자훈의 시선을 부러 피했다. 손환의 옆에 앉은 주일우는 오전 수업 내내 엎드려 있었다. 쉬는 시간에도 고개를 들지 않았기에 어떤 상태인지, 무슨 생각을 하고 있는지 종잡을 수 없었다. 고방천이 손환과 주일우를 번갈아 바라보는 문자훈에게 낮은 목소리로 물었다.

— 어젯밤 말이야.

— 응.

— 별일 없었어?

— 별로. 저 새끼, 예전처럼 담배 갖고 돌아왔어.

— 뭔가 아는 것 같은데.

— 이젠 어떡하지?

— 뭐가.

— 몰라서 물어? 방패막이가 사라졌잖아. 주일우, 저 사이코가 어떤 식으로 나올지 아무도 장담 못하게 됐다고.

— 일진이란 새끼가 겁만 늘어가지고.

— 그럼 어떡해?

— 개새끼야. 쫄지 말고 나만 믿어. 주일우는 날 못 넘어.

— 그걸 어떻게 확신해?

— 확신하지 않음? 지금 와서 뾰족한 방법이라도 있어? 나 말고 믿을 만한 구석이라도 있냐고.

— 씨…… 발.

— 허접한 새끼. 처음부터 너 같은 새끼를 우리 일진에 끼워주는 게 아니었어. 겁만 많고 툭하면 돈으로만 해결하려 드는 너

같은 새끼들은 조금만 불리해도 본색을 드러낸다니까.

— 그래, 개새끼야. 나 그런 놈이다. 그러는 넌 뭐 잘났냐?

— 이 자식 봐라.

— 너도 각오하고 있어. 날 제대로 보호 못 하면 아예 소년원이 아니라 교도소로 처넣을 테니까. 우리 아빠가 그 정도 힘도 없을 줄 알아?

— 개새끼.

욕을 하면서도 고방천은 문자훈을 비웃고 있었다. 실실 흘리는 냉소를 품은 채로. 문자훈도 곧 고방천의 웃음을 보며 따라 웃었다. 어색한 웃음이었다. 그 어색함 속에서 둘은 앞으로 어떤 일이 벌어질지를 나름대로 궁리했다.

10

쉬는 시간, 교실 뒤를 지키고 있던 교정 직원이 퇴장했다. 그와 함께 고방천이 자리에서 일어섰고, 고방천이 일어서자 자동 반사적으로 문자훈과 최누리, 백영중도 함께 일어났다. 여전히 입가에 서늘한 미소를 머금고 있는 고방천이 문자훈에게 귓엣말을 속삭인 다음 화장실을 향해 가장 먼저 걸어 나갔다.

곧이어 문자훈도 움직였다. 문자훈이 걸어 나가면서 주일우 옆 자리에 앉아 있는 손환의 목덜미에 은근슬쩍 손을 얹었다. 가벼운 듯, 하지만 나름 힘을 준 악력으로 손환의 목덜미를 만지던 문자훈이 주일우를 바라봤다. 주일우는 책상에 고개를 처박은 그대로였다. 문자훈이 자신의 얼굴을 손환에게 들이댔다. 그러곤 손환의 귀에다 대고 낮은 목소리로 물었다.

—어제…… 무슨 일 있었어?

—…….

—몰라?

—모르겠어. 정말이야.

손환의 시선은 정면의 칠판을 향하고 있었다. 다른 원생들은 손환과 문자훈을 힐끗 쳐다보기만 할 뿐이었다. 어떤 식으로든 이들의 사건에 얽히고 싶지 않다는 성가심이 느껴졌다.

'언제나 그래왔지.'

손환은 생각했다. 누구도 자신을 지켜주지 않았다. 자신을 지킬 수 있는 건 자신을 필요로 하는 그 누군가의 노예가 되었을 때만 가능했다. 이 순간 손환은 마음속으로 묻고 또 물었다. 지금 나의 주인은 누구인가. 문자훈이 거듭 말을 이었다.

—씨발 새끼. 많이 컸다.

—…….

—화장실로 따라와.

—…….

—똥꼬에 담배 한 대 쑤셔 넣으면 제정신으로 돌아오겠지. 따라 나와.

익숙한 명령이었다. 손환에게 문자훈은 친구도, 또래도 아닌 명령하는 주인이었다. 문자훈이 손환의 목덜미에서 손을 떼어 머리를 쓰다듬었다. 두어 번 정답게, 자신이 기르던 애완견의 몸통을 쓰다듬듯 부드럽게. 최누리와 백영중은 내내 껄끄러운 안색을 숨기지 않았다. 하지만 지금 이 상황에서 그들은 분명히 알고 있었다. 자신들이 뭉쳐 있어야 하는 것이 어느 패거리인지를. 최누리에겐 지금 이 순간, 고방천이 절대적이었다. 고방천은 자신에게 씻을 수 없는 치욕과 고통을 안겨준 두려운 존재였지만, 주일우에 비하면 상대적으로 구세주였다. 그건 주일우에 대한 최소한의 예의를 지킨 백영중에게도 동일하게 적용되었다.

문자훈의 뒤를 따라 최누리, 백영중이 퇴장하고 난 뒤였다. 손환이 한동안 눈앞이 컴컴해진 터널을 헤매던 막막한 기분 그대로 자리에서 일어나려 했다. 두 손을 책상에 딛고 엉거주춤 몸을 일으키려 할 때, 옆에서 소리가 들렸다. 짧고 낮은, 하지만 단호한 소리. 주일우의 목소리였다.

─나가지 마.

주일우의 한마디를 듣는 순간, 시커멓기만 하던 눈앞의 세계가 정상으로 돌아왔다. 손환은 엉거주춤한 자세 그대로 멈춰 섰다. 한 번 마른침을 삼키고는 주일우를 바라봤다. 주일우가 천천히 고개를 들었다. 오랜 시간 엎드려 있었음에도 주일우의 표정은 여전했다. 눈을 감은 것도, 잠을 잔 것도 아닌 안색이었다. 엎드린 채로 눈을 부릅뜨고 오직 한 가지 생각에만 골몰한 눈빛. 손환은 그 눈빛과 마주한 다음 도저히 밖으로 나갈 수 없었다. 자신을 내려다보는 손환에게 주일우가 말했다.

─그냥 버텨.

―그럴 수 없어.

―그대로 있어.

―그럴 수 없다는 거 잘 알잖아.

―수업 끝나면 바로 조순우 선생 상담실로 가.

―뭐?

―오늘 상담은 너야. 내가 아니고.

―일우야.

―한 시간이면 돼. 그 시간만 견뎌. 그럼 끝나.

―너, 설마.

―상담실로 들어가. 저 새끼들하고 어울리면 안 돼.

―…….

―너도 같이 죽어.

―…….

―그러니까 상담실로. 알았어?

―…….

'죽는다'는 말을 무덤덤하게 내뱉는 주일우의 입에서 손환은 죽음을 실감했다. 열일곱 손환에게 죽음이란 의미는 여전히 어색했지만 그 반대로 믿을 수 없을 만큼 생생했다.

물탱크실에 빠져 죽은 친구 주월우의 푸른 시신. 숨이 끊어진 뒤에도 주월우는 눈을 감지 않았고 심지어 입꼬리마저 약간 올라가 있었다. 끝까지 웃으려고, 물속 깊은 곳에서 숨이 막혀도 웃고자 했던, 그렇게 시간이 멈춰버린 존재의 정지를 손환은 알고 있었다. 지금 주월우와 같은 얼굴을 가진 쌍둥이 형제 주일우의 낯빛은 더없이 푸르렀다. 서늘한 기운이 손환의 온몸을 휩쓸고 내렸다. 손환은 저도 모르게 다시 자리에 앉았다. 그대로 시간이 흘렀다. 주일우는 다시 얼굴을 책상에 묻은 채로 시간을 보냈다.

쉬는 시간을 끝내는 차임벨이 울리고 교도관이 먼저 교실 앞과 뒤로 들어왔다. 다른 원생들과 함께 최누리, 백영중이 들어왔다. 그들의 표정은 지독한 불안에 중독되어 있었다. 곧이어 문자훈과 고방천이 들어왔다. 고방천은 언제나 세상 모든 일을 비웃는 듯한 시건방진 태도로 창가에 위치한 자신의 자리에 앉았다. 문자훈은 화장실로 따라오지 않은 손환을 뒷문 입구에서부터 노려봤다. 손환도 문자훈을 바라봤다. 두려웠다. 문자훈의 잔인한 미소가 손환을 미치게 했다. 문자훈이 자신의 자리로 돌아가면서 다시 한번 가볍게 손환의 어깨에 손을 올렸다. 그러고는 말했다. 예의 속삭이는 말투로.

—수업 끝나고 보자. 넌 죽었어.

손환의 몸이 부들부들 떨렸다. 폭풍이 휩쓸고 간 것 같은 험악한 공포가 계속되었다. 이번이, 이번 시간이 마지막이다. 교도관이 칠판에 '자습'이라고 적는 순간 손환은 이제 더 이상의 자습은 없을지도 모른다는 생각을 갖게 되었다.

손환이 다시 주일우를 바라봤다. 머리를 책상에 파묻은 채 미동도 하지 않았다. 교실 안이 이처럼 춥게 느껴진 적이 있었던가. 손환은 자신도 모르게 다리를 떨었다. 저절로 이가 갈릴 정도의 한기가 손환의 옷깃을 타고 맨살 속으로 사정없이 파고들었다.

11

수업이 끝났다. 금요일 저녁은 단체 목욕이 있었다. 단체 목욕은 수업이 끝난 이후 교정 직원의 감시하에 이뤄지는 것이 원칙이다. 하지만 주일우는 알고 있었다. 매월 마지막 목욕 시간엔 교정 직원들의 교대근무가 이뤄진다는 사실을. 원하는 원생들을 단체 샤워장에 밀어 넣고 주간 교정 직원은 퇴근을 서두른다. 주간조가 퇴근하려면 본래 야간 교대조가 올 때까지 기다려야 한다. 하지만 교정 직원들은 그 한 시간가량의 공백을 참지 못했다. 그들은 샤워장 안으로 원생들을 밀어 넣으면, 그렇게 한 시간 정도 시간을 벌면 자신들은 없어도 상관없다고 믿는 무리들이었다. 그렇게 한 시간, 그 한 시간 동안 샤워장이 있는 소년원 2층 복도를 지키고 있는 건 상담 교사와 CCTV가 전부다.

교실 밖으로 원생들을 몰아낸 교정 직원이 그들을 일렬로 복도에 정렬시켰다. 그러곤 복도 끝 샤워장을 손가락으로 가리키며 옷을 벗을 것을 지시했다. 원생들은 군말 없이 단체복을 벗었다. 원생들이 벗은 단체복을 다른 한 명의 교정 직원이 인상을 구기며 수거함 박스에 받아 넣었다. 고방천도 실없이 웃으며 옷을 벗었다. 고방천의 알몸을 보자 교정 직원이 마른침을 삼켰다. 열일곱의 몸이라고는 믿기 어려웠다. 체구가 유난히 크거나 골격이 좋아서가 아니라 몸 전체를 수놓은 문신이 압권이었기 때문이다. 문신도 문신이지만 고방천의 가슴과 어깨, 옆구리 부근엔 수많은 칼자국이 훈장처럼 파여 있었다. 고방천은 문신과 칼자국으로 얼룩진 자신의 몸을 자랑스럽게 생각했다. 믿을 건 상처투성이인 자신의 몸뿐이었다. 이 몸으로 앞으로도 끝까지, 징그럽게 무시받지 않고 살아남을 것이다. 고방천의 몸은 곧 그 자신의 신념이었다.

원생들 중 가장 앞에 선 손환의 차례가 왔다. 손환은 옷을 벗지 않았다. 문자훈과 고방천이 옷을 벗지 않는 손환을 섬뜩하게 노려봤다. 수거함 박스를 들고 있던 교정 직원이 성가신 얼굴로 물었다.

—넌 뭐야?

—…….

손환이 답을 망설였다. 두려움과 망설임이 교차했다. 떨리는 눈빛으로 손환은 일렬로 선 원생의 대열을 뒤돌아봤다. 뒤에 누가 서 있는지 보이지 않았다. 역한 살 비린내가 복도에 진동했다. 손환은 입이 말라 침을 삼켰다. 어떻게 해야 하나. 무슨 말을 해야 하지? 교정 직원이 짜증 섞인 말로 손환을 채근했다.

—꾸물대지 말고 빨리 벗어!

—선생님.

—뭔데?

—저 오늘 상담입니다.

—뭐야?

손환이 다시 고개를 돌려 뒤를 돌아봤다. 몇 줄 넘어 주일우의 얼굴이 보였다. 주일우도 내내 손환을 보고 있었다. 자신과 눈이 마주친 손환에게 주일우가 가볍게 고개를 끄덕였다. 주일우의 신호를 받은 손환이 거듭 용기를 내어 말했다.

─조순우 선생님이 오늘 수업 끝나고 상담실로 오라고 했습니다.

─정말이야?

─예.

─이탈자 생기면 우리 퇴근하는 거 알려지는 거 아니야?

걱정스런 눈길로 동료 교정 직원에게 묻자 곤봉을 들고 원생들의 몸수색을 하던 교정 직원이 너스레를 떨듯 말했다.

─조순우 선생이잖아. 그 순둥이 선생이 설마 빡빡하게 굴겠어.

─그건 그렇지. 이름이 뭐야?

─손환입니다.

─448번?

─예.

─상담 끝나면 바로 샤워장으로 튀어 들어가. 꾸물거리면 알지?

─예.

─가봐.

곤봉을 쥔 교정 직원이 샤워실과는 막다른 반대편 복도 끝에 위치한 샤워장을 가리켰다. 잠시 머뭇거리던 손환이 대열을 이탈했다. 그리곤 대열의 반대편으로 걸음을 옮겼다.

걸음을 옮길 때, 손환은 많은 이들과 눈을 마주했다. 최누리를 시작으로 백영중, 문자훈 그리고 고방천과 시선을 마주했다. 물론 손환은 그들을 제대로 쳐다보지 못했다. 항상 그랬다. 문자훈의 잔인함을 너무나 잘 알기에 손환은 언제나 그들의 비위에 맞는 말과 행동만을 해야 했다. 그렇게 해서라도 학교를 제대로 다닐 수 있다면, 또래 다른 친구들에게 일진이란 이유로 무시당하지 않는 것이 최선이라고 여겼다. 그렇지만 지금 그들로부터 완전히 격리되는 순간이 도래했다. 이 격리가 자신을 어떻게 위협할지 무서웠다. 손환은 자신이 유난한 겁쟁이라고 자책했다. 그 자책의 눈빛으로 마지막 대열에 서 있는 주일우와 눈을 마주했다. 주일우가 손환을 보며 가볍게 고개를 끄덕였다. 괜찮다고, 자책하지 않아도 된다고 말하는 것 같았다. 적어도 손환은 주일우의 무표정을 그렇게 이해하고 싶었다.

원생들이 일렬로 샤워실로 들어갔다. 고개 돌린 손환이 마지막으로 들어가는 주일우를 내내 쳐다봤다. 열린 샤워장 안으로 들어가려던 주일우가 설핏 고개를 돌렸다. 손환을 바라봤다. 손환과 눈을 마주했다. 무슨 말을 하고 싶은 걸까. 주일우는 여전히 아무 표정이 없었다. 그래서 더 섬뜩하고, 두려웠다. 손환은 마치 이 순간 주월우가 살아 돌아온 듯한 느낌에 사로잡혔다.

12

2015년 12월 24일 AM 11:00

주월우가 앞장서 걸었고 손환이 그 뒤를 따랐다. 손환은 주월우의 걸음걸이를 유심히 살폈다. 부자연스러웠다. 걸음을 옮길 때마다 오른쪽 허리와 발이 들썩거렸다. 오른 발바닥이 바닥에 닿을 때마다 눈에 뜨일 정도로 절룩거렸다.

지하철 역사로 걸어가는 내내 주월우가 자주 고개를 돌렸다. 고개를 돌려 손환의 존재 여부를 살폈다. 고개를 돌릴 때마다 손환은 주월우와 시선을 마주했다. 안쓰러운 표정으로 주월우를 바라봤다. 하지만 주월우는 여전했다. 손환과 눈이 마주칠 때마다 웃어 보였다. 웃었지만 안색은 좋지 않았다. 창백했고, 무엇보다 아파 보였다. 손환은 주월우가 자신이 생각했던 것보다 훨씬 더 고통스럽고 끔찍할 거라고 생각했다. 자신도 녀석과 비슷한 경험을 갖고 있기에 자연스럽게 떠오른 짐작이었다. 짐작만으로도 손환의 얼굴이 찡그려졌다. 씨발. 혼잣말처럼 손환은 바닥에 침을 뱉으며, 자신의 머릿속으로 집요하게 꿈틀거리는 게워내고 싶은 이물감을 저주했다.

역사 플랫폼 안에 들어간 뒤에도 손환은 주월우의 곁에 있었다. 주월우가 플랫폼 의자에 앉았고, 손환도 주월우의 옆에 따라 앉았다. 주월우가 고개를 옆으로 돌려 자신의 옆에 앉은 손환을 바라봤다. 웃지 않았다. 웃음기가 가신 주월우의 표정은 오히려 어색했다. 손환은 웃지 않는 주월우에게 먼저 말문을 열었다.

—어떻게 할 거야?

—뭐…… 뭘?

주월우가 아무것도 모른다는 표정을 지었다. 손환이 답답해했다.

—모르는 거야? 아님 모르는 척하는 거야?

—무…… 무슨 말을 하는지 모르겠어. 난 모르겠어.

—아침에 찾아왔잖아.

—…….

—그 사람.

—매…… 매주…… 수요일마다…… 찾아와. 매주…… 수요일
마다…… 찾아와.

주월우의 오래된 습관, 했던 말을 부러 반복하는 말습관은 주
월우의 의지와는 상관없이 형성된 습관이었다. 손환은 주월우
의 말습관에 말할 수 없는 짜증을 느꼈다.

—같은 말 반복하지 말고! 그 사람이 아침에 찾아왔잖아.

—그…… 그래. 매…… 매주 수요일에 찾아온다고…… 매주
수요일…… 매주 수요일.

—그냥 찾아오기만 한 게 아니잖아.

—몰…… 몰라.

—내가 봤어. 그 사람이 너한테 어떻게 하는지 다 봤다고!

—그…… 그 사람…… 매주 수요일, 매주 수요일에 찾아
와…… 찾아와.

어느 순간부터 주월우는 손환을 보지 않았다. 손환의 눈을 피
해 철로 안으로 들어오는 지하철을 바라봤다. 지하철이 도착하
자 사람들이 대기선 앞으로 걸어갔다. 주월우도 자리에서 일어
나려 했다. 그때, 손환이 주월우의 손목을 잡았다. 주월우가 자

리에 멈춰 섰다. 시선은 여전히 플랫폼 안으로 들어온 지하철을 향하고 있었다.

주월우의 손목을 붙잡는 순간 손환은 분명히 실감했다. 주월우의 손이 심하게 떨리고 있다는 사실을. 주월우는 자신의 손이 왜 떨리는지 모를 것이다. 자신이 당한 일이 어떤 것인지, 그게 어떤 고통을 가져오는지 모를 것이다. 하지만 손환은 잘 알고 있다. 똑똑히 알 수 있다. 너무 분명하게 알고 있어서 치가 떨릴 지경이다. 할 수만 있다면 손환도 주월우처럼 그 기억을 깡그리 지워버리고 싶었다. 깡그리 지워버려서 그 일이 어떤 일인지, 그 일이 자신의 머릿속에 얼마나 끔찍한 악마의 씨가 되어 자라나고 있는지 할 수만 있으면 모조리 지워버리고 싶었다. 아무것도 기억하지 않고 생각조차 하고 싶지 않았다. 그러나 그럴 수가 없었다. 지금 주월우의 손목, 팔, 몸 전체가 이토록 경련하는 것처럼 말이다. 머리에서는 지울 수 있지만, 몸은 기억하고 있는 것이다.

스크린 도어가 열리고 곧이어 지하철 문이 열렸다. 승객들의 들고 나감이 분주하게 이어졌다. 주월우가 그 모습을 멍하니 바라보다가 서서히 자신의 손목을 붙잡은 손환을 내려다봤다. 손환은 내내 주월우를 올려다보고 있었다. 손환이 말했다.

―일우에게 말하자.

―…….

―응? 일우에게 말하자.

―일…… 일우는 바빠. 일우는 바빠.

―아무리 바빠도 할 얘기는 해야지. 일우는 네 형이야.

—일우는 바빠. 말해도…… 말해도…… 듣지 않을 거야.

　—그게 무슨 말이야. 일우는 네 형이라고. 일우는 네 말을 들을 거야. 듣지 않으면 안 돼.

　—일우는 바빠…… 많이 바빠…….

　주월우의 말끝이 흐려졌다. 지하철 문이 닫히고 곧 출발했다. 플랫폼에는 주월우와 손환만 남았다. 주위를 두리번거리던 손환이 말을 건넸다.

　—편의점 가기 전에 일우에게 전화해. 그래서 만나자고 해.

　—일우는 바빠.

　—바빠서 만날 수 없으면 전화로라도 얘기해. 알았어?

　—일…… 일우는 바쁜데.

　—이 바보야. 아무리 바빠도 얘기할 건 해야지. 이대로 있을 거야!

　참다못한 손환이 분통을 터뜨렸다. 손환의 고함 소리에 놀란 듯 주월우가 웅얼거리던 말을 더 이상 잇지 않았다. 소리 지른 손환이 흥분을 가라앉히려 했지만 그럴수록 심장박동이 더 바빠지기 시작했다. 여전히 붙잡고 있는 주월우의 손목을 통해 전달되어오는 경련이 더 격렬해졌기 때문이다.

4부

괴물의 뒤편

1

고방천은 여전했다. 서른 평은 넘어 보이는 샤워장 안에서 원생들을 상대로 짓궂은 장난과 음담패설을 쏟아내는 데 여념이 없었다.

소년원 교칙대로라면 교정 직원이 샤워장 안을 지키고 있어야 정상이다. 그게 아니면 CCTV를 통해 원생들의 목욕 상황을 감시라도 해야 한다. 하지만 금요일 저녁의 샤워 시간에는 그 어떤 것도 지켜지지 않았다.

샤워장 입구에서 가장 가까운 곳에 위치한 샤워기 앞에 서서 쏟아지는 물을 맞고 있던 주일우가 조심스럽게 두어 걸음 입구 쪽으로 옮겼다. 그러곤 불투명 유리문 너머로 비치는 복도 외경을 살폈다. 샤워장에 원생들을 들여보낸 후 아주 잠시 동안만 복도에서 서성거리던 두 명의 교정 직원이 계단 쪽으로 걸어가는 모습이 보였다. 교정 직원은 서로 대화를 주고받다가 1층 계단으로 몸을 옮겼다. 아예 복도에서 자취를 감춘 것이다.

주일우는 샤워장 중앙 천장에 매달린 CCTV를 올려다봤다. 방향이 샤워장 내부를 비추기보단 천장 유리벽을 향하고 있었다. 누군가 방향을 돌려놓은 것인데, 아마도 한 시간 일찍 교대하기 위해 교정 직원들이 돌려놓았을 것으로 짐작했다.

문자훈은 고방천과 장난치면서도 신경은 온통 주일우에게 집중돼 있었다. 최누리와 백영중 역시 마찬가지였다. 문자훈은 애써 여유를 부렸지만 동작의 부자연스러움이 어쩔 수 없이 묻어나왔다. 비누를 자신의 몸에 바를 때도 서두르는 기색이 역력했다. 될 수 있으면 이 시간이 빨리 지나가기만을 기대했다. 하지만 목욕 시간은 정해져 있었다.

고방천이 원생 중 한 명에게 자신의 자위행위를 대신 해달라고 요구했다. 대중목욕탕에서 흔히 볼 수 있는 목욕 의자에 웅크리고 앉은 고방천이 다리를 있는 힘껏 벌려 자신의 성기를 노출시켰고, 원생 한 명에게 성기에 비누를 묻히고 문지르게 했다. 고방천이 자신의 성기를 문지르는 원생을 바라보며 음담패설을 반복했다. 고방천이 기분 나쁜 웃음을 쏟아내며 문자훈 일행을 바라봤다. 문자훈이 억지웃음을 지었다. 최누리도 따라 웃었다. 백영중은 말없이 거울 앞에 뒤돌아서서 몸을 닦기만 했다.

그때였다. 고방천의 자지러지는 웃음소리와 스무 대가 넘는 샤워기에서 일제히 쏟아지는 물소리에 묻혀 아무 소리도 들리지 않을 것 같던 샤워장에서 처음엔 나지막하게, 하지만 점점 더 선명하고 규칙적인 소리가 들려오기 시작했다.

'쿵.'

'쿵.'

'쿵.'

'쿵.'

타일로 마감한 샤워장 벽을 주먹으로 두들기는 소리였다. 처음은 작은 울림에 불과했다. 그저 샤워하다가 누군가의 몸이 벽에 부딪힌 소리로 생각하고 대수롭지 않게 넘길 수 있는 소리였다. 하지만 소리의 울림과 강도가 계속 높아져갔다. 물소리, 고방천과 패거리들의 왁자지껄한 웃음소리, 말소리조차 어느 순간 묻힐 정도로 소리의 강도는 거세졌다.

소리가 계속되자 샤워 중인 원생들이 한 명 두 명, 하던 동작을 멈추기 시작했다. 샤워기 수압을 조절하는 원생도 있었으며, 아예 하던 동작을 멈추고 소리가 들리는 쪽으로 시선을 돌린 원생도 있었다.

고방천 패거리도 마찬가지였다. 가장 먼저 침묵한 건 최누리였다. 고방천의 성기를 문지르는 원생의 머리통을 두들기며 설레발을 치던 최누리가 소리가 들리자마자 입을 다물고는 굳은 표정으로 소리가 들리는 쪽을 쳐다봤다. 곧이어 백영중도, 문자훈도 말을 멈췄다. 마지막으로 남은 고방천만이 키득거렸지만 그마저도 가라앉았다. 샤워장 안에 있는 모든 이들이 샤워기를 잠그고, 말을 멈추고 일제히 소리가 들리는 진원지를 바라봤기 때문이다.

샤워장 입구 바로 옆, 샤워기 앞에 서 있던 주일우가 푸른 빛깔의 타일 벽을 주먹으로 내리치기를 반복했다. 희뿌연 수증기에 묻힌 샤워장 안에서 나타난 주일우의 알몸은 원생들의 시야에 거대한 실루엣으로 각인되었다. 고방천은 여전히 얼굴에 한가득 비웃음을 담고 있었지만 긴장한 기색을 숨기지 못했다. 급기야 고방천이 자신의 성기를 문지르던 원생을 밀쳐냈다.

'쿵.'

'쿵.'

'쿵.'

주일우가 마지막 주먹을 타일 벽에 내리칠 때였다. 샤워실의 낡은 회전 손잡이 잠금장치가 함께 풀려버렸다.

'삐이이익.' 잠금장치가 풀리자 샤워장 문이 벌어지면서 틈을 보였다. 샤워장 내부의 어둑어둑한 실내조명과 달리 형광등으로 조도를 높인 복도의 빛이 열린 문틈을 타고 스며들었다.

주일우는 더 이상 타일 벽을 내리치지 않았다. 천장에서 물방울 떨어지는 소리만이 전부인 샤워장, 주일우는 나지막하고 분명한 한마디 말을 천형의 선고처럼 내뱉었다.

―문자훈만 남고 모두 나가.

그 말을 듣는 순간 원생들의 동요가 일어났다. 고요하고 일사불란한 동요였다. 원생들 중 한 명 두 명, 움직이기 시작했다. 열린 샤워장 문밖으로 걸어 나가기 시작했다. 그들 모두 알몸 상태로, 몸에 묻은 물기조차 제대로 닦지 못한 채 서둘러 빠져나갔다.

희뿌연 수증기가 서서히 걷히기 시작했다. 문자훈은 고방천 뒤에 서 있었다. 최누리는 빠져나가는 원생들과 고방천의 눈치를 번갈아 살폈다. 마음 같으면 원생들과 함께 밖으로 도망치고 싶었다. 문 앞에 버티고 서 있는 주일우의 괴물 같은 알몸을 보는 순간 최누리는 자신이 이곳, 소년원에 들어온 것 자체를 후회하고 싶었다. 하지만 최누리는 도망가지 못했다. 백영중도 마찬가지였다. 백영중은 처음부터 동요하지 않았다. 어쩌면 녀석은 최누리보다 체념이 빠른 편이었다. 이곳, 소년원에 일진의 이름을 달고 들어온 이상 빠져나갈 수 없다는 걸 알고 있었다. 백영중은 주일우에 대한 감정 여부와 상관없이 자신이 소속된 현재 위치가 자신을 설명해준다는 걸 간과할 수 없었다. 다만 녀석은 기다릴 뿐이었다. 문자훈의 선택, 더 정확히 말해 문자훈이 끌어들인 고방천의 선택을 기다려야 했다.

문자훈은 주일우와 시선을 마주하지 않았다. 대신 고방천을 내려다봤다. 고방천은 원생들이 샤워장 밖으로 빠져나가는 내내 한가롭게 몸에 비누칠을 하고 있었다. 휘파람까지 부는 여유를 부렸다. 문자훈이 마른침을 삼켰다. 고방천이 어떤 행동을 보일지 초조하게 기다렸다. 이 순간 문자훈은 고방천의 결단에 의해 움직일 수밖에 없는 자신의 한계를 인정해야 했다.

'믿지 않으면 끝장이야.'

문자훈은 고방천이 주일우란 미치광이를 넉넉히 제압할 것으로 믿었다. 그렇게 믿어야만 했다.

고방천 패거리를 제외한 원생들이 재빠르게 샤워장을 빠져나간 뒤였다. 비누칠을 계속하던 고방천과 자신을 보호하기 위해 녀석의 뒤에 선 문자훈, 그리고 그 주위를 지키고 서 있던 최누리와 백영중을 바라보던 주일우가 다시 한마디 내뱉었다.

— 문자훈만 남으라고 했어.

비누칠을 하던 고방천이 순간 동작을 멈추고 고개를 들었다. 고방천은 사타구니 사이에 비누 거품을 잔뜩 묻힌 채 엉거주춤한 자세로 몸을 일으키며 말했다.

— 여기서 나가는 새끼, 밖에 나가면 내 손에 죽는 거야.

고방천의 말을 듣는 순간 샤워장 밖으로 나가려던 최누리가 멈춰 섰다. 고방천의 매서운 눈과 마주치는 순간 심장이 덜컥 내려앉는 기분이었다. 얼음같이 차가운 고방천의 눈빛은 또래든, 선배든 가릴 것 없이 공포의 상징이었다. 고방천의 웃음기 잃은 얼굴 역시 그랬다. 일진이랍시고 뒷골목을 돌아다니거나 당구장, 클럽 같은 곳을 전전할 때 보아왔던 고방천의 얼굴엔 항상 상대를 조소하는 웃음기가 머물러 있었다. 그러다 아주 가끔 독한 상대를 만났을 때, 제대로 사고 칠 예상을 육감적으로 실감했을 때만큼은 고방천의 얼굴에서 웃음기가 사라지곤 했다. 백영중과 문자훈은 고방천의 웃음기 없는 얼굴을 보며 더한층 긴장해야 했다. 동시에 이들은 하나의 마음, 하나의 공격 대상에만 모든 신경을 집중해야 할 필요에 사로잡혔다. 지금 이 순간만큼은 다른 것을 생각해선 안 된다. 동정도, 연민도, 친구 관계도, 소년원, 보호감호란 사회적 안전망도 그 어느 것도 믿어선 안 된다. 주일우가 샤워장 잠금장치를 잠가버린 이 순간, 야간 근무 교정 직원들이 2층 복도에 나타나는 한 시간, 그 한 시간만큼은 누구도, 그 무엇도 자신을 지켜줄 수 없기 때문이다.

주일우가 문을 잠그고 한 걸음, 한 걸음 고방천을 중심으로 모여 있는 좌식 샤워기 쪽으로 다가올 때였다. 자리에서 일어선 고방천이 다시금 얼굴 전체에 특유의 웃음기를 되찾았다. 그러곤 말문을 열었다. 밀폐된 샤워장 안에서 과장한 억지웃음을 지으며 중얼거리는 고방천의 육성이 거대한 하울링을 일으켰다.

─이거 재밌는데…… 다 까고 한판 붙자 이거지.

주일우는 고방천과 말을 섞지 않았다. 그러고 싶은 여유도, 이유도 없었다. 주일우의 시선은 처음부터 끝까지 문자훈에게 집중되었다. 문자훈도 내내 주일우의 시선을 의식하고 있었다. 좌식 샤워기 앞 반쯤 물이 빠져 있는 욕탕을 사이에 두고 선 주일우가 다시 말문을 열었다. 문자훈을 바라보며.

─마지막으로 묻겠어.

─뭐?

─솔직하게 대답해.

─…….

─네가…….

─…….

─주월우를 죽였어?

─씨발…….

─편의점 밖으로 끌고 나가 죽였어? 죽이고 물탱크에 빠뜨렸어?

─흥…….

─대답해.

문자훈이 고방천을 바라봤다. 고방천은 샤워기를 손에 들고 몸에 묻은 비누 거품을 닦고 있었다. 몸을 닦으면서 문자훈을 바라봤다. 고방천과 눈이 마주친 문자훈이 뭔가를 작심한 듯 바닥에 침을 뱉었다. 그러곤 답 대신 샤워기를 손에 들고는 벽면에 부착된 유리벽을 향해 샤워기를 내던졌다.

한차례 날카로운 굉음이 샤워장 전체를 휩쓸고 지나갔다. 산산조각 난 유리 조각들이 바닥에 산산이 흩어졌다. 문자훈은 맨발이 유리 조각에 찔리는 것에도 상관없이 성큼 다가가 몸을 숙였다. 그러곤 유리 조각 중 손에 잡기 편한 조각 하나를 손에 쥐고는 주일우 쪽으로 다가갔다. 주일우는 미동도 하지 않았다. 고방천이 휘파람을 불며 샤워기의 수압을 조절했다. 백영중, 최누리도 움직였다. 주일우 주위를 에워쌌다.

주일우의 코앞까지 다가든 문자훈이 이죽거리며 말문을 열었다. 주일우는 비정함으로 가득한 문자훈의 눈동자를 해명하기 힘든 슬픔의 시선으로 바라봤다.

─야, 사이코.

─…….

─이 사이코 새끼야. 답을 듣고 싶어? 응?

─대답해.

―뭘?

―네가 죽였어?

―허접한 새끼. 답은 그게 아니야.

―뭐?

―누가 죽였는지 그게 정답이 아니라고.

―…….

―정답은 말이야, 너희 같은 새끼들은 있어도 그만 없어도 그만이란 거야.

―문자훈.

―너희같이 시시껄렁한 종자들 죽는다고 뭐가 달라지는데? 월우 같은 병신이 죽지 않고 더 살아서 무슨 유익이 있겠냐고.

―문자훈!

―어차피 그 병신은 어디서 뒈지든 개죽음당하게 돼 있었어. 평생 벽에 똥칠하다 뒈지든 물탱크에 빠져 죽든 어떻게 죽든 무슨 상관이야. 이 좆만 한 것들아.

주일우가 눈을 감았다. 감은 눈꺼풀에서 자그마한 경련이 일어났다. 주일우의 몸 전체에서도 미세한 경련이 일어났다. 몸 전체의 모든 근육과 힘줄들이 불가항력에 가까운 떨림을 일으켰다. 그 모습을 지켜보던 문자훈이 녀석으로부터 한 걸음 물러났다. 자신도 모르게 더 힘껏 유리 조각을 쥐는 바람에 녀석의 손에 핏물이 고이기 시작했다. 문자훈이 자신의 오른쪽을 흘깃 쳐다봤다. 고방천은 샤워기 호스를 거치대에서 분리해내어 그것을 체인 삼아 주먹에 감고 있었다.

아주 잠시 동안 감았던 눈을 다시 연 주일우가 문자훈을 노려
봤다. 주일우의 눈시울은 뜨거워져 있었다. 누구를 향한, 누구에
의한 슬픔일까. 주일우의 붉은 눈엔 어느새 뜨거운 눈물방울이
고여들었다.

　—이제 끝내줄게.

　—미친 새끼.

　—주월우가 당했던 거 똑같이 돌려줄게.

2

　—두 개의 산이네.

　—…….

　—큰 산은 검은색이고.

　—…….

　—큰 산 뒤에 숨어 있는 산은 붉은색이야.

　—…….

상담실 책상 위에 덩그러니 놓여 있는 A4 크기의 종이 한 장,
백색의 종이 위엔 손환이 그려 넣은 그림이 그려져 있었다. 조순
우는 그림과 손환을 번갈아 살폈다. 손환은 무표정했으며, 무엇
보다 조순우를 쳐다보지 않았다. 조순우는 부드러운 음성으로
손환을 바라보며 말했다.

　—왜 이런 그림을 그렸느냐고 묻는 건 무의미할 거야. 너한테

그림을 그리라고 한 건 솔직한 네 마음을 그리라고 한 거니까.

— ·······.

— 한 가지만 묻자. 이 그림이 지금 네 마음을 솔직하게 나타낸 건 맞는 거야?

— 맞아요.

— 검은 산을 그린 이유를 알 수 있을까?

— 앞이 보이지 않는 여기서도, 밖에 나가서도 답답하다는 생각 때문에요. 그래서 그렸어요.

조순우가 내내 손환을 바라보며 착잡한 표정을 지었다. 반쯤 고개 숙인 손환을 보며 복잡한 생각이 들었던 것도 감출 수 없었다. 어젯밤 세탁실에서, 아니 어젯밤만이 아닌 기분 내키는 대로 암묵적으로 당해온 손환의 심정을 부러 묻는다는 게 미안하다는 생각이 조순우를 조심스럽게 했다.

잠시 침묵. 둘 모두 약속이라도 한 듯 시간을 살폈다. 상담이 시작된 지 10분이 지났다. 조순우와 손환은 복도에서부터 들려오는 발소리들을 들을 수 있었다. 수군거리는 원생들의 목소리도 들렸다. 이어 숙소 문 열리는 소리도 들렸다. 그 모든 희미한 소리 속에서, 하지만 소리의 출처만큼은 변명할 수 없도록 명확하게 들려왔다.

더 이상의 상담은 무리라고 생각했는지 조순우가 서류 위에 빠르게 서명했다. 서명 난 옆 상담일지에 손환의 심리 상태, 정신적 안정 여부 등의 항목에 모두 '이상 없음'으로 평가했다. 상담일지를 덮은 조순우가 맞잡은 손으로 자신의 관자놀이를 짓눌렀다. 계속 관자놀이를 짓누르며 흘러가는 듯한 말로 물었다.

　―검은 산 속의 붉은 산은 뭐지?

　―죽었으면 좋겠어요.

　―뭐?

뜬금없는 손환의 말에 조순우가 고개를 들었다. 손환은 상담을 시작한 지 처음으로 조순우와 정면에서 시선을 마주했다. 화가 난 것도, 별다른 흥분 상태도 아니었다. 손환은 조순우를 보며 같은 말을 반복했다. 조례 시간에 출석보고를 하는 학생처럼 담담하게.

　―죽었으면 좋겠다고요.

　―누가?

　―붉은 산이요.

　―…….

　―죽었으면 좋겠어요.

　―…….

　―죽었으면.

3

제일 먼저 덤벼든 건 문자훈이었다.

벗은 알몸의 다섯 남자가 물이 빠진 욕탕 안으로 들어갔다. 주일우가 먼저 욕탕 안으로 들어섰고, 날카로운 유리 조각을 손에 쥔 문자훈이 뒤따라 들어왔다. 고방천은 연신 휘파람을 불었다. 휘파람을 불며 샤워기 호스를 오른 손목과 손바닥에 견고히 감아쥐었다.

문자훈이 두 평 남짓한 크기의 욕탕 안으로 들어올 수 있었던 건 고방천의 움직임을 확인한 뒤였다. 고방천이 슬금슬금 걸음을 옮겨 주일우 등 뒤로 이동한 것을 확인한 순간 문자훈은 행동했다. 욕탕 안으로 들어와 소리를 지른 다음 마구잡이로 손에 쥔 유리 조각을 주일우의 얼굴을 향해 휘둘러댔다.

문자훈의 도발과 함께 백영중과 최누리도 행동을 개시했다. 일제히 욕탕 안으로 뛰어든 것인데, 최누리가 욕탕 안으로 들어서는 순간 그만 그 자리에 주저앉고 말았다. 미끄러진 건 아니었다. 문자훈의 공격을 피한 주일우가 녀석의 턱을 주먹으로 올려붙이는 모습을 보는 순간 자신도 모르게 동작이 얼어붙은 것이다.

문자훈의 턱을 가격한 주일우는 그 충격으로 한 걸음 물러선 녀석의 얼굴을 정면으로 두 번 연속 강타했다. 코뼈가 주저앉는 소리가 들렸다. 문자훈이 손으로 코를 틀어막으며 소리를 질렀다. 발목까지 차오를 정도만 남아 있던 욕탕 물이 이내 문자훈의 코에서 쏟아지는 핏물로 검붉게 얼룩지기 시작했다.

한 걸음 물러선 문자훈을 대신해 백영중이 달려들었다. 주일우의 옆구리를 향해 발차기를 시도했는데, 주일우가 백영중의 다리를 붙잡고는 반대 방향으로 뒤틀었다. 순식간에 벌어진 반전에 백영중이 중심을 잃고 쓰러졌다. 그때, 쓰러진 백영중의 다리를 붙잡고 있던 주일우의 몸도 함께 휘청거렸다. 그 틈을 타 양쪽 콧구멍에서 코피를 쏟던 문자훈이 '씨발 새끼야' 하고 욕설을 쏟아내며 유리 조각을 매섭게 휘둘렀다. 주일우의 상체가 한 번 크게 동요했다. 문자훈의 휘두름과 함께 주일우의 가슴팍 곳곳에 유리 조각으로 그어댄 생채기가 움푹 파였다. 주일우의 가슴에서도 검은 피가 흐르기 시작했다. 백영중을 밀쳐낸 주일우가 매섭게 문자훈을 노려보며 녀석을 향해 성큼 다가섰다. 순간 움찔한 문자훈이 유리 조각을 쥔 손을 쳐들었고, 그때를 놓치지 않고 주일우가 녀석의 손을 마치 덮어씌우듯 붙잡았다. 엄청난 악력이 문자훈의 유리 조각 쥔 손을 짓눌렀다. 문자훈의 손목이 꺾이며 '우두둑' 소리가 들렸다. 문자훈이 끔찍한 고통을 호소하는 비명을 질렀다. 비명을 지르며 조건반사적으로 문자훈의 손가락 마디마디가 제 의지와 상관없이 풀려나버렸다.

문자훈이 손에 쥔 유리 조각이 바닥에 떨어지는 순간이었다. 최누리가 달려들어 주일우의 머리통을 발로 가격했다. 머리를 얻어맞았지만 주일우는 최누리의 도발엔 신경조차 쓰지 않았다. 더 가혹하게 문자훈의 손목을 뒤틀어 꺾었다. 문자훈의 비명 소리가 샤워장 전체에 메아리쳐 울렸다.

손목을 붙잡은 주일우는 다른 손으로 문자훈의 얼굴 정면을 복싱선수가 잽을 휘두르듯 짧은 리듬으로 두들겼다. 한 번, 두 번, 세 번. 절도 있게 끊어지는 주일우의 주먹에 안면이 강타당한 문자훈의 입에서도 피고름이 터져 나왔다. 중심을 잃고 흐느

적거리는 문자훈을 다시금 일으켜 세운 주일우가 이번엔 문자훈의 턱을 후려쳤다. 그와 동시에 백영중의 낮은 발차기가 강하게 주일우의 왼쪽 허벅지를 강타했다. 한 번, 두 번, 주일우의 왼쪽 몸의 균형이 순간 휘청거렸고, 기회를 놓치지 않은 백영중이 있는 힘껏 주일우의 정강이를 발로 걷어찼다. 그 순간 주일우가 무릎을 꿇었다. 주일우가 무릎을 꿇자 문자훈도 함께 무릎을 꿇었다. 백영중은 몸을 낮춘 주일우의 머리를 향해 발을 휘둘렀다. 순간 주일우가 곧게 뻗은 채로 발차기를 시도한 백영중의 발가락들을 향해 정면으로 주먹을 충돌시켰다. 그러자 다시 한 번 '우두둑' 소리가 백영중의 발에서 터져 나왔다. 외마디 비명을 지른 백영중은 발차기를 하다 말고 그 자신도 주일우 앞에 무릎을 꿇었다. 그 순간 주일우는 백영중의 명치를 향해 정면으로 주먹을 뻗어 적중시켰다. 동시에 문자훈의 턱을 한차례 가격했다. 주일우의 교차되는 주먹질은 순식간에 벌어졌다. 문자훈과 백영중의 주먹도 수차례 움직였으나 주일우의 안면에 적중하진 않았다. 문자훈으로부터 손을 놓은 주일우가 앉은 채로 백영중의 명치와 인중, 급소를 향해 주먹을 휘둘렀다. 문자훈이 쿨럭거리며 두 손을 바닥에 대고 주일우의 반대 방향으로 기어나갔다. 백영중을 가격하면서 자리에서 일어난 주일우가 기어가는 문자훈의 등과 옆구리를 발로 걷어찼다. 문자훈이 외마디 비명을 지르며 욕탕 바닥에 배를 깔고 엎드렸다. 주일우는 멈추지 않고 문자훈의 목덜미와 어깨에 발차기 세례를 퍼부었다. 문자훈이 두 팔로 자신의 머리를 감싸 쥐며 울음을 터뜨렸다.

그때, 주일우의 등허리로 무언가 강한 충격이 파고들었다. 주일우의 몸이 한차례 휘청거렸다. 샤워기 호스를 내리친 고방천은 주일우로부터 한 걸음 정도 거리를 두고 서 있었다. 고개를 돌려 고방천을 보려 할 때, 고방천이 매섭게 휘두른 호스가 이번엔 주일우의 옆구리를 향해 파고들었다. 순간 주일우가 외마디 비명을 질렀다. 고방천은 여전히 휘파람을 멈추지 않았다. 입을 이죽거리며 휘청거리는 주일우의 얼굴과 어깨, 가슴을 향해 호스를 휘둘렀다.

두 번, 세 번, 손목과 손에 동여매듯 감은 호스의 팽창력은 상당했다. 호스를 휘두를 때마다 드러나는 파괴력 또한 엄청났다. 주일우가 어깨 부위와 왼쪽 얼굴을 호스로 난타당하자마자 시퍼런 생채기가 드러날 정도였다. 고방천의 휘파람 소리가 더욱 노골적으로 울려 퍼졌다. 주일우가 한 걸음 물러나는 순간, 자리에서 일어선 백영중이 주일우의 뒤에서 녀석을 끌어안았다. 강하고 억센 악력이 주일우의 몸을 조여들었다. 백영중에게 붙잡힌 주일우의 몸을 향해 고방천이 연속해서 호스를 휘둘렀다. 주일우의 눈가와 가슴, 허벅지에 시퍼런 멍 자국과 함께 검붉은 핏방울이 터져 나왔다.

계속해서 호스를 휘두르려는 순간 주일우가 몸을 두어 번 비틀더니 그대로 머리를 힘껏 들어 올려 뒤에 서서 자신을 끌어안던 백영중의 턱을 가격했다. 외마디 비명을 지른 백영중의 악력이 순간적으로 약화되자 그 즉시 주일우가 몸을 숙였다. 몸을 숙이자 고방천이 휘두른 호스가 뒤에 서 있던 백영중의 안면에 적중했다. 호스에 얻어맞은 백영중이 그대로 쓰러졌다. 고방천이 '멍청한 새끼'라고 중얼거리며 몸을 숙인 주일우를 향해 호스를 휘둘렀는데, 그만 호스가 두 동강 나고 말았다. 바닥에 떨어진 유리 조각을 손에 쥔 주일우가 호스를 손으로 붙잡고는 그대로 잘라버린 것이다.

그 순간 고방천의 휘파람도 멈춰버렸다. 그는 손에 감았던 호스를 바닥에 내동댕이쳤다. 자리에서 일어선 주일우 역시 유리 조각을 바닥에 던졌다. 그러더니 곧 욕탕 밖으로 빠져나가려 하는 문자훈의 짧은 머리칼을 주먹으로 움켜쥐었다. 문자훈이 비명을 질렀다. 녀석의 머리를 붙잡은 주일우가 문자훈을 욕탕 중심에 내던졌다. 바닥에 쓰러진 문자훈이 무릎을 꿇은 채로 자신의 얼굴을 두 손으로 가린 백영중 뒤에 숨어들었다. 주일우가 사정없이 발차기를 했다. 처음엔 백영중의 얼굴을 향해, 그다음은 백영중 뒤에 숨어든 문자훈의 고개 숙인 머리통과 목덜미를 향해 발길질을 했다. 얼굴을 손으로 가린 문자훈이 울부짖으며 저항했다. 그 순간 '에이, 이 씨발 새끼가'라고 욕설을 내지르며 고방천이 주먹으로 주일우의 관자놀이를 가격했다.

고방천의 주먹질이 빠른 속도로 주일우의 얼굴 곳곳을 강타했다. 기습적으로 고방천에게 얻어맞은 주일우가 문자훈으로부터 한 걸음 물러났다. 그러자 고방천이 다시금 히죽거리며 주일우의 얼굴과 턱을 향해 주먹을 휘둘렀다. 주일우의 얼굴 정면에 고방천의 주먹이 적중하자 주일우의 얼굴에서 '우두둑' 소리가 들렸다.

고방천이 두번째로 얼굴을 가격하려 할 때, 주일우가 고방천의 주먹을 피하더니 그대로 앞차기를 시도해 고방천의 앞가슴을 걷어찼다. 반격을 당한 고방천이 한 걸음 물러났다. 기회를 놓치지 않는 주일우는 그대로 몸을 돌려 뒤돌려차기를 시도했다. 주일우가 크게 몸을 돌리는 순간 가슴을 얻어맞은 고방천이 가까스로 정신을 차렸지만 때는 이미 늦었다. 회전한 몸의 육중한 반동력이 모두 집중된 주일우의 360도 뒤돌려차기가 고방천의 얼굴 왼쪽을 그대로 강타해버렸기 때문이다. 고방천도, 주일우도 지금까지 배워온 거라곤 사람들을 한순간 제압해버리는 급소 공격뿐이었다. 먼저 치명적인 공격을 당하지 않는 것이 승부의 관건인 상황에서 고방천은 순간 아찔한 기분이 들었다. 왼쪽 안면을 강타당하자 정신이 아득해졌다. 순간 허공을 바라봤는데 온통 노란빛이었다.

주일우의 공격은 거기서 멈추지 않았다. 고방천 또한 그대로 물러나지 않았다. 뒤돌려차기를 시도한 주일우가 그대로 얼굴을 잔뜩 숙인 고방천에게 달려들어 머리와 얼굴을 주먹과 내리찍는 발차기로 사정없이 난타했다. 욕탕의 물길 사이로 검붉은 핏물이 하염없이 쏟아졌다. 백영중은 몸의 중심을 잡지 못하고 주저앉은 채로 두 팔을 휘저었고, 문자훈은 계속해서 울기만 했다.

주일우의 매서운 공격 속에서 약간의 틈을 발견한 고방천이 기합 소리에 가까운 괴성을 내지르며 상체를 일으켰다. 그 순간 오른손으로 주일우의 오른쪽 발을 붙잡고는 상체를 일으킨 반동력으로 주일우를 욕탕 난간으로 밀어붙였다. 한 발로만 지탱해야 하는 주일우가 중심을 잃고 휘청거릴 때, 몸을 일으킨 고방천이 다른 손으로 주일우의 안면을 강타했다. 검은 핏물과 외마디 비명 소리가 터져 나왔다. 고방천의 주먹질이 한 번 더 주일우의 얼굴을 향해 파고들 때 주일우가 고방천의 주먹을 손으로 움켜쥐었다. 순간 둘의 동작이 정지했다. 주일우의 발을 붙잡은 고방천도, 고방천의 주먹을 손으로 움켜쥔 주일우도 서로를 노려보았다. 땀과 핏방울로 얼룩진 둘이 한 번 긴 한숨을 내쉬었다. 호흡을 가다듬은 고방천이 다시 한번 기합을 쏟아내며 주일우를 밀어붙이려 했다. 그 찰나 주일우가 붙잡히지 않은 다른 발을 공중으로 들어 올렸다. 그러더니 몸을 숙이고 발을 있는 힘껏 들어 올려 그 솟구치는 반동력으로 고방천의 턱을 강타했다. 불시에 날아든 발차기에 당하자 고방천의 행동이 그대로 사그라졌다. 고방천을 밀쳐낸 주일우가 욕탕 난간에 잽싸게 뛰어올랐다. 그러곤 몸 전체에 힘을 실어 고방천을 향해 주먹을 휘둘렀다. 몸을 던져 주먹세례를 퍼붓자 턱을 얻어맞은 고방천이 순간 몸의 균형을 잃고 무릎을 꿇었다. 무릎 꿇은 고방천의 숙인 얼굴을 향해 주일우가 발차기로 가격하는 순간이었다. 고방천 역시 주일우의 발등을 유리 조각으로 찍어 눌렀다. 고방천의 옆얼굴을 강타하던 주일우가 외마디 비명을 질렀고, 머리를 얻어맞은 고방천 역시 그대로 바닥에 나뒹굴었다.

유리 조각에 발등을 찍힌 주일우가 고방천 앞에 무릎 꿇는 순간이었다. 두 손과 두 발로 욕탕 곳곳을 기어다니던 문자훈이 주일우의 뒤에서 녀석의 목을 고무 호스로 휘감았다. 문자훈은 짐 승처럼 울부짖으며 고무 호스를 힘껏 당겨 주일우의 목을 조였다. '죽어! 죽어!'라는 말을 반복하는 문자훈은 계속해서 울고 있었다. 고방천은 바닥에 머리를 대고 엎드린 채 유리 조각 쥔 손을 사방으로 거칠게 휘둘렀다.

문자훈과 주일우의 알몸이 함께 욕탕 바닥을 뒹굴었다. 주일 우는 점점 숨이 막혀왔다. 주위 사물들이 희미해져갔다. 문자훈 은 주일우를 죽여야겠다는 생각보단 자신이 살기 위해서 할 수 있는 일에만 충실해야겠다는 생각뿐이었다. 지금 여기서 주일 우가 숨 쉬지 않으면, 그렇게 되는 것이 이곳에서 자신이 할 수 있는 유일한 선택이란 결심 외에 다른 것은 생각하지 않았다. 그 결의만으로 문자훈은 필사적으로 주일우의 목을 조이고 또 조 였다.

그러나 문자훈의 필사적인 염원은 어느새 괴물이 되어버린 주일우의 괴력까진 감당할 수 없었다. 어쩌면 처음부터, 샤워장 에 들어와 문을 잠가버린 그 순간부터 주일우의 눈엔 문자훈의 유난히 새하얀 피부가 돋보이는 몸 외에는 아무것도 보이지 않 았는지도 모른다. 때문에 주일우는 지금 자신의 시야가 아득해 지는 일 따위는 개의치 않았다. 호스를 손으로 붙잡던 주일우가 방법을 바꿔 자신의 뒤에서 공격하는 문자훈의 낭심을 손으로 움켜쥐었다. 그 순간 문자훈이 비명을 지르며 호스에서 손을 떼 곤 자신의 낭심을 붙잡은 주일우의 손을 붙잡으려 했다. 호스가 풀리는 순간 주일우가 힘껏 고개를 뒤로 젖혔다. 그러자 문자훈의 얼굴과 주일우의 뒤통수가 충돌했다. 외마디 비명을 지른 문자훈이 다시금 주일우의 반대편으로 돌아섰다. 호스를 풀어낸 주일우가 다시 기어서 욕탕 밖으로 나가려는 문자훈의 허벅지와 엉덩이 그리고 골반을 뒤에서 주먹으로 내리쳤다. 문자훈이 울부짖으며 그 자리에 주저앉았다. 바로 그때, 자리에서 일어서던 주일우의 뒤통수에 무언가 둔중한 충격이 파고들었다. '쿵' 소리와 함께 주일우가 고개를 돌렸다. 최누리가 보였다. 겁에 질린 최누리의 손엔 목침이 쥐어져 있었다. 목침의 날카로운 모서리가 주일우의 뒤통수를 가격한 순간, 곧이어 주일우의 목을 타고 검은 핏물이 흘러내렸다.

처음부터 사시나무 떨듯 몸을 떨던 최누리가 심하게 떨리는 손으로 다시 한번 주일우를 향해 달려들었다. 그렇지만 이미 자리에서 일어선 주일우의 발차기가 먼저 최누리의 목침을 쥔 손을 강타했다. 목침이 허공에서 맴을 그리더니 이내 바닥으로 떨어졌다.

최누리가 한 걸음 물러섰다. 주일우는 바닥에 떨어진 목침을 손에 쥐었다. 그러더니 다시금 몸을 돌려 문자훈을 향해 목침을 내던졌다. 목침에 머리를 강타당한 문자훈이 비명을 지르며 그 자리에 쓰러졌다. 순간 최누리가 주일우를 향해 달려들었다. 주일우의 뒤에서 녀석의 목을 휘감았다. 그 순간 주일우가 자신의 목을 감은 최누리의 손가락을 붙잡아 강한 완력을 가했다. 최누리의 손가락 마디마디가 기하학적으로 비틀렸고, 곧이어 최누리의 끔찍한 비명 소리가 쏟아졌다.

주일우로부터 물러선 최누리가 자신도 모르게 고개를 설레설레 가로저었다. 무엇이 아니라는 말일까. 최누리 자신도 몰랐다. 아무것도 모르는 최누리였지만, 그래도 고개를 가로젓지 않을 수 없었다. 정말이지 이건 아니다. 괴물이 되어버린 주일우가 아닌 건지, 주일우를 상대로, 녀석의 숨통을 끊어놓기 위해 괴물이 되어야 하는 자신들이 아닌 건지 그 모든 것이 모호하기만 했지만 이건 아니라는 명제만큼은 변하지 않았다.

잔뜩 겁에 질린 최누리의 몸이 계속해서 주일우로부터 멀어지려 했다. 주일우가 다시금 힘겹게 상체를 숙였다. 그러곤 최누리의 머리를 붙잡고는 녀석을 밀쳐냈다. 최누리의 뒤엔 문자훈이 있었다. 문자훈은 울음을 멈추지 않았다. 주일우는 그런 문자훈을 향해 다시금 발길질을 시작했다. 머리, 어깨, 옆구리, 허벅지, 종아리, 발목 등. 주일우의 발차기를 당하면 당할수록 문자훈의 몸은 욕탕과 하나가 되어가기 시작했다. 벌레처럼 잔뜩 몸을 웅크리며 주일우의 난타를 피하려 했다. 주일우의 숨소리도 그만큼 거칠어져갔다.

바로 그때, 다시 한번 무언가 강하고 억센 통증이 주일우의 등을 파고들었다. 피부를 뚫고 자신의 몸속 깊숙이 파고드는 엄청난 통증에 주일우는 하던 행동을 멈출 수밖에 없었다. 뒤돌아선 순간 날카로운 피비린내가 샤워장 전체에 진동했다.

주일우는 다른 누구도 아닌 자신이 쏟아내는 핏물이 욕탕의 물을 온통 핏빛으로 적시는 장면을 두 눈 부릅뜨고 목도해야 했다. 삽시간에 뜻 모를 비애가 주일우의 몸 전체에 불온한 한기로 파고들었다. 온몸에 소름이 돋았다. 무섭지도, 두려운 것도 아니지만 분명한 살기가 실감되었다. 비틀거리는 주일우의 가슴팍을 향해 다시 한번 유리 조각의 날카로운 끝이 매섭게 파고들었다. 주일우의 얼굴이 일그러졌다. 그와 함께 어디선가 휘파람 소리가 다시 들려왔다. 험악하게 날이 선 유리 조각을 손에 쥔 고방천이 피투성이가 된 얼굴로 미소를 지으며, 억지 휘파람을 불었다. 주일우의 몸 곳곳에서 검은 피가 하염없이 흘러내렸다. 주일우가 슬픈 눈으로 고방천을 바라봤다. 수증기 가득한 샤워실 안에서 휘파람을 멈춘 고방천이 말문을 열었다.

　—너나 나나 배운 게 이것밖에 더 있냐. 앞으로도 그럴 거고.

　—…….

　—추워진다. 빨리 끝내자.

　—…….

　—뭐 어떻게든 수습되겠지.

　유리 조각을 쥔 손으로 코에서 흐르는 콧물을 훔친 고방천이 숨을 가다듬었다. 그러곤 주일우를 향해 한 걸음 다가섰다. 주일우가 반사적으로 한 걸음 뒤로 물러섰다. 고방천과 주일우의 얼굴 모두 샤워장의 차가운 타일 벽만큼이나 창백해졌다. 물방울 떨어지는 소리만이 샤워장의 정적을 간헐적으로 찢을 뿐이었다. 벽면 곳곳으로 이른 봄, 차가운 밤바람이 파고드는 탓에 고방천의 코에선 콧물과 핏물이 쉬지 않고 흘러내렸다.

4

소리 없이, 조심스럽게 조순우가 상담실 문을 열고 밖으로 나갔다. 샤워장에서 들려오는 비명과 울음소리를 들은 뒤 10분 정도 지난 시간이었다.

복도를 걸으며 조순우는 차가운 형광등 불빛 아래 사면을 가득 메운 백색 벽을 응시했다. 매번 보아오던 벽이다. 분기마다 손질해온 탓에 높은 청결도를 유지하는 벽면, 조순우는 이곳의 벽을 볼 때마다 거대한 암병동 같다는 생각이 들곤 했다. 상담 선생이기 전에 인생 막장을 미리 경험한 십대 범죄자들을 상대하는 선생의 생각치고는 감상적이고 유아적이란 지적을 받아온 조순우였지만, 그는 사람의 습성은 그리 쉽게 변하는 종자가 아니란 숙명론에 가까운 느낌을 좀처럼 지우지 못했다. 자신의 머릿속에서 말이다.

상담실에는 손환 혼자 남았다. 손환은 조순우가 건넨 마지막 한마디 명령에만 충실하기로 작심했다.

'너에게 주어진 상담 시간은 한 시간이야. 그 한 시간 동안 어느 곳에도 가면 안 돼. 여기 상담실에 얌전히 있어. 듣지도 말고 보지도 말고 생각하지도 말고. 그렇게 얌전히만 있으면 돼. 얌전히만.'

아무것도 하지 않아야 한다고 명령했지만, 책상에 앉은 손환은 한 가지 행위에 열중하고 있었다. A4 용지 크기 위에 그려놓은 자신의 마음을 상징하는 두 개의 산, 검은 산의 중심을 차지하고 앉은 붉은 산, 죽여버리고 싶다고 말한 붉은 산 위에 손환의 손에 쥔 붉은 볼펜 끝이 격렬히 요동쳤다. 손환은 기계적일 만큼 규칙적이고 그만큼 비인간적으로 붉은 산 위에 붉은색 금을 긋고 또 긋기를 반복했다. 마침내 종이에 구멍이 날 때까지 손환은 붉은 금을 긋고 또 그었고, 그로 인해 붉은 산은 점차 검붉은 심장을 닮아갔다.

5

한순간이었다. 방심한 것도, 다른 생각을 한 것도 아니지만 그 한 순간, 유리 조각과 전등 불빛이 반사되는 그 순간 주일우가 눈살을 찡그린 틈을 타고 고방천의 야비한 린치가 시작되었다.

눈부심을 느낀 주일우가 눈살을 찡그린 순간 반걸음 정도 변칙적으로 다가선 고방천이 주일우의 눈을 향해 유리 조각을 휘둘렀다. 주일우의 눈에 뜨거운 물이 부어진 듯한 아찔한 느낌이 전달되었다. 격한 뜨거움과 동시에 진한 피비린내가 후각을 자극했다. 주일우의 두 눈가에서 검붉은 핏물이 흘러내렸다. 두 손으로 눈을 가린 주일우의 아랫배에 고방천이 작심하고 유리 조각을 찔러 넣었다. 칼처럼 사용하고자 했던 고방천의 의지대로 유리 조각의 날카로운 단면이 녀석의 손 크기 절반 정도 주일우의 아랫배 깊이 파고들었다.

앞이 보이지 않는 주일우가 순간적으로 고방천의 손을 붙잡았다. 유리 조각을 찔러 넣은 고방천이 숨소리에 가까운 휘파람을 불며 유리 조각을 사정없이 뒤틀었다. 주일우가 비명을 지르며 입에 머금고 있던 핏물을 자신을 노려보며 서 있는 고방천의 얼굴을 향해 뱉었다. 핏물 세례를 받은 고방천이 순간 놀란 듯 고개를 휘저었다. 그때, 주일우는 자신에게 남아 있는 모든 힘을 쏟은 악력으로 고방천의 열 손가락을 짓눌렀다. 이번엔 고방천이 비명을 질렀다. 비명을 지르던 고방천의 손이 유리 조각에서 이탈되었다. 고방천의 엄지와 검지를 붙잡은 주일우가 손가락을 반대편으로 사정없이 꺾어버렸다. '우두둑' 소리와 함께 고방천의 비명도 이어졌다. 다른 한 손의 손가락도 마찬가지로 꺾어버린 주일우가 배에 유리 조각이 박힌 채로 고방천을 향해 주먹을 휘둘렀다. 한 번, 두 번, 주먹을 턱에 적중시키자 고방천이 비틀거렸다. 고방천도 반격하기 위해 주먹을 휘둘렀지만 정확도가 없었다. 고방천은 다시금 샤워기 호스, 유리 조각을 찾았지만 보이지 않았다. 사정 봐주지 않고 주일우의 주먹이 자신의 얼굴을 강타했기 때문이다. 주일우는 아예 숨을 쉬지 않기로 했다. 숨을 쉬면, 그래서 자신의 몸에 통증을 느끼고 물러서면 끝장이란 생각으로 주먹을 휘둘렀다. 정확하고 기계적인, 더 할 수 없는 비정함이 담긴 주일우의 주먹세례에 고방천의 의식은 삽시간에 아득해져갔다.

연속해서 안면을 강타당하면서도 고방천의 얼굴에는 특유의 비웃음, 이죽거림이 남아 있었다. 눈이 부어 눈동자가 함몰되고,

코뼈가 으스러지고, 입술이 터지고, 귀고막이 터져 소리가 거의 들리지 않은 상태가 된 고방천은 자신도 모르게 뒤로 밀려나다 욕탕 난간에 다리가 걸려 그대로 주저앉고 말았다. 수십여 대의 안면 강타를 당한 고방천이 자리에 주저앉은 순간 녀석의 입이 자연스럽게 벌어졌다. 벌린 입에서 시커먼 피고름과 부러진 치아 몇 개가 바닥으로 떨어졌다.

고방천으로부터 물러선 주일우가 그제야 숨을 내쉬면서 자신의 몸에 박혀 있던 유리 조각을 빼냈다. 그 순간 주일우의 눈에선 자신도 모르게 뜨거운 눈물이 핏물과 함께 맺혔다. 피눈물을 흘리는 주일우를 향해 문자훈이 소리 질렀다. 절박했다.

— 내가 죽이지 않았어.

— 뭐?

뒤돌아선 주일우의 몸이 한 번 크게 휘청거렸다. 몸이 휘청거리면서도 문자훈을 표적 삼아 다가오는 걸 멈추진 않았다. 주일우의 몸이 움직이자 문자훈이 괴성을 내지르며 울음을 터뜨렸다. 문자훈의 몸은 제대로 움직이지 않았다. 어느 순간부터 녀석은 욕탕 바닥을 첨벙거리며 기어다녔다. 기어다니던 문자훈이 가까스로 욕탕 밖으로 빠져나갔다. 욕탕 밖 차가운 샤워장 타일 바닥에 몸을 뒹굴며 비명을 질렀다. 비명을 지르며 현재 샤워장에서 유일하게 두 발로 서 있는 주일우를 향해 말문을 열었다.

— 내가 죽인 게 아니라고! 난 월우를 죽이지 않았어.

— 입 닥쳐.

─정말이야. 내 말 믿어! 그날 저녁, 월우를 공원으로 끌고 가 두들겨 팬 건 맞아. 하지만 죽이진 않았어. 진짜야. 공원에 쓰러진 월우를 누가 차에 태우고 간 걸 봤어. 차 번호 기억해. 월우 데리고 간 차 번호 기억한다고!

─……

─믿어야 돼! 믿어줘. 으흐흐…… 일우야. 믿어야 돼.

문자훈은 타일 바닥에 엉덩이를 비벼대며 문을 향해 움직이려 했다. 주일우는 말없이 문자훈을 노려보며 욕탕 밖으로 나오려 했다. 백영중과 최누리는 거친 숨소리를 내쉬며 바닥에 고개를 처박고 있거나 욕탕 난간에 등을 기댄 채로 있었다.

문자훈은 자신을 향해 다가오는 주일우를 향해 자신이 알고 있는 모든 진실을 쏟아붓기로 작심했다. 문자훈의 눈빛과 말투는 절실했다. 절실함의 절정을 메우는 건 진실이다. 더 이상의 객기도, 악행의 의지도 소멸된, 모든 게 휘발된 상태가 되어서야 살아나는 것, 그것이 바로 진실이었다. 문자훈은 자신에게 남아 있는 그 마지막 진실을 쏟아부을 수밖에 없었다.

─우린…… 성인오락실에 있던 사장을 죽였어. 편의점 사장, 내 까이의 젖통을 만지던 점주를 죽였다고! 무서웠어. 그래서 일부러 사고 치고 여기 들어온 거야. 정말이야. 월우를 죽여서…… 그거 덮으려고 여기 들어온 거 아니야. 아니라고!

─……

─믿어! 믿어야 돼! 씨발. 믿으란 말이야. 이 개…… 새끼야.

자신을 향해 다가오는 주일우를 향해 문자훈이 소리 질렀다.

울고 또 울며 살려달라는 외침도 빼놓지 않았다. 누구도, 아무것도 보이지 않았다. 지금 주일우의 눈앞에 보이는 건 시커먼 핏물, 그 사이로 얼핏 드러나는 문자훈의 벗은 몸, 희미한 윤곽뿐이었다. 욕탕 밖으로 걸어 나온 주일우가 몸의 균형을 잃고 그 자리에 주저앉았다. 주저앉아 거친 숨을 내쉬었다. 아랫배에서 흐르는 피가 멈추지 않았다. 점점 아득해져갔다.

그때, 샤워장의 문이 열렸다. 서서히 조심스럽게.

샤워장 바닥에 검은 구둣발이 정체를 드러냈다. 문이 열리는 소리가 들리자 문자훈이 문 쪽을 바라봤다. 조순우였다. 조순우가 드디어 샤워장의 난동을 알고서 구세주가 되어 등장한 것이다. 문자훈이 조순우를 보자마자 다시 한번 소릴 질렀다. 살려달라는 말을 하고 싶었는데 대신 소리만 질러댔다. 울음과 뒤섞여버린 탓에 문자훈의 소리는 상처 입은 짐승의 신음 소리와 다르지 않았다.

조순우가 샤워장의 문을 잠갔다. 샤워장 정면에 달려 있는 시계를 통해 시간을 확인했다. 이들이 샤워장에 들어온 지 벌써 50분이 지났다. 10분. 10분만 지나면 교대 근무조 교정 직원들이 도착할 것이다. 시간을 확인한 조순우가 샤워장 라디에이터에서 낡은 파이프 하나를 분리하기 시작했다. 헐거워진 파이프의 연결 너트는 싱거울 정도로 쉽게 풀렸다.

파이프를 손에 쥔 조순우가 먼저 욕탕 쪽을 향해 걸어갔다. 순간 문자훈도, 주일우도 침묵했다. 다시금 철저한 정적이 샤워장

을 압도했다. 최누리와 백영중의 입에서 흘러나오는 신음 소리
만이 소리의 전부였다. 문자훈은 영문을 모르는 표정으로 욕탕
쪽으로 걸어가는 조순우를 바라봤다. 파이프를 쥔 조순우의 손
에 검은 가죽장갑이 씌워져 있는 것도 그때서야 문자훈의 눈에
들어왔다.

장갑이 눈에 들어온 그 순간이었다. 문자훈은 더 이상 비명조
차 지르지 못했다. 입이 다물어지지 않았다. 자신의 눈앞에 펼쳐
진 광경이 현실인지, 비현실인지조차 확신할 수 없었다. 꿈같았
다. 악몽의 한 장면이 매우 빠르고, 그만큼 무심하게 스쳐 지나
는 것만 같았다.

검은 장갑을 낀 손으로 쇠파이프를 움켜쥔 조순우는 10분이
란 시간을 의식한 듯 빠르고 정확하게 행동했다. 욕탕 안으로 들
어간 조순우는 자신을 향해 구원의 손길을 내민 최누리의 머리
통을 쇠파이프로 거침없이 내리쳤다. 단 두 번만에 최누리는 비
명조차 지르지 못하고 바닥에 머리를 박았다. 꼼짝하지 않았다.
백영중도, 고방천도 마찬가지였다. 조순우의 정확하고 강단 있
게 내리친 쇠파이프에 정수리와 뒤통수, 목덜미를 가격당하자
이내 고요해졌고, 몸은 차갑게 굳어갔다.

욕탕 안의 세 명, 그 세 아이의 숨이 끊어지는 데는 채 1분도 걸
리지 않았다. 고방천의 머리에서 검은 핏줄기가 분수처럼 솟구쳐
오르는 걸 목격할 때가 돼서야 문자훈의 비명이 터져 나왔다.

'살아야 한다. 살고 싶다.'

살고 싶어 몸을 일으켰는데, 그래서 가까스로 샤워장 낡은 문

고리를 붙잡았는데, 거기가 끝이었다. 욕탕 밖으로 성큼 걸어 나
온 조순우가 샤워장 문을 붙잡은 문자훈의 뒤통수마저 쇠파이
프로 내리쳤다. 머리를 얻어맞은 문자훈이 그대로 그 자리에 무
릎 꿇었다. 두 번, 세 번. 조순우가 같은 부위를 반복해 쇠파이프
로 내리치자 이내 문자훈의 비명 소리도 잦아들었다. 비명은 그
쳤지만 붙잡은 문고리만큼은 손에서 놓지 않았다. 그제야 주일
우의 눈에서도 핏물의 고임이 그치고 사물이 분명해져왔다. 피
비린내로 가득한 샤워장 안에 피로 얼룩진 알몸들이 주일우의
눈에 들어왔다. 말없이 자신을 바라보는 조순우도 눈에 보였다.
조순우는 주저앉은 주일우를 한동안 바라보기만 했다. 어떤 말
도 하지 않았다. 그저 바라볼 뿐이었다. 그건 주일우 역시 마찬
가지였다.

6

―일우야.

―…….

―일우야.

―듣고 있으니까 말해.

―크…… 크리스마스야.

―…….

―내일이 크리스마스이브야. 일우야.

—그래서 뭐?

—기…… 기억나?

—뭐가.

—우리…… 아빠…… 어렸을 때.

—…….

—아빠, 크리스마스이브 때 산…… 산타 할아버지 옷 입고 선물 줬어. 선물.

—그딴 걸 왜 기억해?

—기…… 기쁘잖아. 선물…… 선물이잖아. 일우, 네…… 양말에 선…… 선물 넣어줬어. 아빠가. 아빠가.

—주월우.

—응? ……응. 일우야.

—이제 산타는 오지 않아.

—아…… 아니야. 와. 작년에도 왔는데.

—무슨 소리야?

—자…… 작년 크리스마스이브에도…… 와…… 왔었어. 산…… 산타가 왔었어. 와서…… 마…… 맛있는 거 주고 갔어. 라면…… 박스…… 주고…… 갔어.

—병신아. 그 산타는 아빠도, 뭣도 아니야. 우릴 불쌍하게 생각하는 인간들이라고. 일 있을 때마다 생색이나 내고 사진 찍어가는 인간들이란 말이야.

—일우…… 너도 내…… 내일 아침에 함께 있자. 하…… 함께 있자.

—미쳤어? 내일 일이 얼마나 중요한데. 내일 일만 잘 해결되면 남들 두 달치 알바비가 생겨.

—하…… 함께 산타…… 산…… 산타 기다리자. 그러자…….

—우리가 한가롭게 산타나 기다리는 나이냐?

—사…… 산타가…… 라면…… 박스…… 노…… 놓고 가는데…… 그런데.

—할머니 집에 계시잖아.

—그…… 그런데…… 그 산타 할아버지가…… 나…… 날…… 찾아.

—왜?

—나…… 날 좋아한대.

—미친 새끼.

—일우야.

—왜 또?

—크…… 크리스마스 캐럴 불러줄까? 내…… 내일이 크리스마스이브잖아.

—밤늦게 미쳤냐? 그냥 자.

—부…… 불러줄게.

—입 닥쳐라.

—차…… 창밖을 보라. 창밖을 보라. 흰 눈이 내린다.

—닥치라고 했어.

—창밖을 보라…… 차…… 창밖을 보라. 한…… 한…… 한겨울이 왔…… 다.

더듬거리는 주월우의 노랫소리가 메스 움직이는 소리와 함께 뒤섞였다. 소리가 언제부터 중첩되었는지 주일우는 기억하지 못했다. 어느 순간부터 기억이 소거되고 되살아났는지도 모르 겠다. 샤워장까진 기억이 나는데, 지금은 모르겠다. 이곳은 어디 인가.

하지만 주일우는 눈을 뜨지 못했다. 뭔가 단단한 중력이 자신의 눈앞을 가로막는 듯했다. 눈을 감은 것도, 뜬 것도 아닌 기분 이었다. 눈앞엔 온통 백색의 향연뿐이었다. 주월우로부터 들은 마지막 노랫소리처럼 흰 눈으로 가득한 세상이었다.

백색의 막막함 속에서 매우 빠른 속도로 주월우의 목소리가 사라져갔다. 주월우와의 그날 밤의 기억은 꿈이었을까. 주일우 의 눈을 사로잡은 백색을 의식하기 시작한 순간, 뭔가 날카로운 느낌이 녀석의 눈가를 자극했다. 사각거리는 메스 소리도 들려 왔다. 시커먼 물체가 너울 치듯 주일우의 닫힌 것도, 열린 것도 아닌 백색의 시계(視界) 위에서 출렁였다.

메스 소리가 들리는 순간과 함께 의미를 알 수 없는 의학 용 어가 사무적으로 오갔다. 마치 녹음된 음성 같았다. 마취가 풀린 걸까. 통증은 느껴지지 않았다. 주일우는 소리가 들리는 이곳이 병원, 무영등이 켜진 수술실이란 아주 막연하고 모호한 짐작에 집중될 뿐이었다. 자신이 어떻게 어떤 경로로 수술대 위에 오르 게 되었는지, 문자훈 일행은 어떻게 되었는지, 샤워장에서의 결 론은 기억나지 않았다. 그때 주일우의 마지막 기억을 떠올리게 하는 익숙한 대화가 사각거리는 메스 소리와 함께 들려왔다. 경찰로 보이는 검은 제복의 남자들이 수술실 문 앞을 지키고 섰다. 그들의 목소리는 낮고 조심스러웠지만 주일우의 귓가엔 선명했다. 수술실 안에 경찰들이 들어설 수 있는지 모순이었지만 그들의 소리만큼은 주일우의 잠시 가라앉았던, 방금 전 벌어졌던 일과 같은 잔인한 기억을 선명하게 복원시켰다.

— 어떻게 되는 거야?

— 어떻게 되긴 뭘 어떻게 돼. 충주로 옮겨야지.

— 교도소로 가는 게 아니고?

— 그렇지. 결국 얘들을 죽인 건 조 선생이니까.

— 정말 조 선생이 죽인 거래?

— 조 선생이 지 입으로 그렇게 말하는데 믿어야지. 별수 있어?

— 정당방위라고 했지?

— 처음부터 통제가 안 되는 새끼들이라곤 하는데…… 어려워.

— 뭐가?

— 주일우 저 새끼와 박 터지게 싸워서 머리가 깨진 건지, 아님 조 선생이 진압하다가 실수로 머리를 깬 건지 사실관계가 명확하지 않아.

— 씨발. 우리만 독박 쓰게 생겼잖아.

— 지금으로선 조 선생이 진압하다가 정당방위로 죽인 걸로 하는 게 제일 모양새가 좋아.

— 어째서?

— 이 사람아, 그럼 얘들끼리 소년원에서 싸워 네 명이 죽었다고 말하면 어떻게 되겠어? 보아 하니 CCTV도 제대로 작동되지

않은 모양인데.

　―그래?

　―가뜩이나 인권이니, 학생 조례니 시끄러운데 아이들 관리
제대로 못 했다고 욕먹는 것보단 조 선생이 업무 중 과실치사로
독박 쓰는 게 훨씬 낫다고.

　―그럼 저 새끼 깨어나면 그 대본대로 맞춰야 되겠네.

　―저 새끼도 생각이 있으면 협조하겠지.

　또다시 주일우의 눈앞이 아득해져갔다. 백색의 창백함이 점
점 더 깊고 깊게 주일우의 의식을 내리덮었다. 창백한 백색의 깊
이엔 칠흑 같은 어둠이 기다리고 있다. 주일우는 그 어둠 속으로
다시 걸어 들어갔다. 수술실 앞을 지키고 선 사람들의 목소리,
메스 소리도 잦아들었다. 어둠 속에서 또다시 익숙한 노랫소리
가 들렸다. 크리스마스 캐럴이었다. 더듬거리는 주월우의 서툰
음색이 반주 없이 주일우의 귓가에 아득함으로 울려 퍼졌다.

　창밖을 보라. 창밖을 보라. 흰 눈이 내린다.

　창밖을 보라. 창밖을 보라. 한겨울이 왔다.

7

　조순우가 다시 복도에 섰다. 복도 좌우를 가로막은 백색의 벽

면이 유난히 새하얗게 보였다. 너무 밝아 눈이 부실 지경이다.

조순우는 복도 전체를 한번 크게 둘러봤다. 이전과 같은 생각인지 확인해보기 위해서다. 이전의 생각, 하루에도 십 수 번씩 오가는 2층 복도를 걸을 때마다 떠오르는 생각, 이곳이 암병동 같다는 생각, 지금도 그 생각의 감각이 유효한지 확인하고 싶었다. 기대했던 건지 몰라도 결과는 동일했다. 여전히 이곳은 조순우에게 암병동이었다. 중증 말기 암환자들의 소리 없는 신음이 계속되는 곳. 이곳은 그에게 그런 곳이었다.

숨을 한번 깊이 들이 삼킨 조순우의 눈앞에 열린 원생들의 숙소가 보였다. 숙소 안에 두 명의 교도관이 서 있었고, 원생들은 언제라도 그랬듯이 정렬로 줄을 맞춰 양반자세로 앉아 있었다. 한차례 폭풍우가 지나간 숙소라서 그랬을까. 여태껏 제대로 실감해보지 못한 죽음의 기운에 짓눌린 원생들의 표정은 더한층 침울하게 가라앉았고, 그만큼 자신을 지탱하고 있는 모든 자세에 부자연스러움이 깊게 배어 있었다.

원장은 나름대로 조 선생을 배려하고 싶었다. 바로 검찰로 송치하지 않고 그저께까지 함께 지냈던 원생들의 얼굴을 한 번이라도 볼 수 있도록 하기 위해 조 선생을 부러 2층 원생 숙소로 데리고 왔다.

원장은 여전히 이번 사건을 믿지 못했고, 받아들이기 힘들어했다. 원생들에게 동료 선생들에게조차 평판이 좋지 않던 한희상이라면 모를까. 평소 온순하기로 평판이 자자한 조 선생이 원생들을 그런 식으로 다뤘다는 사실은 모두에게 충격이었다. 원장은 지금이라도 나서서 진실을 규명하고 싶은 의지를 내비쳤다. 하지만 그런 식의 흥분은 단지 입에 발린 모습일 뿐이다. 조순우는 원장의 태도를 단지 호의로만 받아들이고자 했다.

지금도 마찬가지다. 원생들에게 마지막으로 한마디 하라는 원장의 배려에 조순우는 별다르게 반응하지 않았다. 할 말이 없었다. 겁에 질린, 하나같이 시체의 낯빛을 하고 있는 원생들에게 무슨 말을 해준단 말인가. '잘 있어라?' '그동안 함께해서 고마웠다?' 조순우는 지금에 와서 그런 식의 말들을 하고 싶은 의욕도, 자격도 없다고 생각했다. 그래서일까. 원장의 배려에도 불구하고 조순우는 침묵을 지켰다. 반쯤 고개를 숙인 것으로 원장에게 더 이상 이곳에 남아 있을 수 없다는 의사를 강하게 피력했다. 오래전부터 직장 선후배 사이였던 원장은 편하게 조순우의 이름을 부르며 말했다.

―순우야, 마지막인데 한마디 하고 가.

―괜찮습니다. 그냥 가죠.

―거 참.

조순우가 돌아서려는 찰나였다. 고개를 돌렸을 때, 원생들의 자리에서 누군가 일어서는 기척이 느껴졌다. 원장도, 원생들도, 마지막으로 문 쪽으로 몸을 돌린 조순우도 다시 고개를 돌렸다. 조순우의 예감대로 원생 중 한 명이 자리에서 일어섰다. 쭈뼛거리며 주위 눈치를 보던 녀석은 손환이었다.

자리에서 일어선 손환이 주춤거렸다. 손에 뭔가를 쥐고 있었다. 종이였다. 원장이 일어선 손환에게 부드럽게 말을 건넸다.

—왜? 선생님한테 하고 싶은 말이라도 있어?

—예.

—그래. 그럼 나와서 인사해.

원장이 손짓했다. 손환이 교도관의 눈치를 보며 숙소 난간 밑으로 내려왔다. 손환은 실내화도 신지 않은 맨발로 걸음을 옮겼다. 조순우의 시선은 내내 손환의 맨발에 향해 있었다. 오래된 습관처럼.

교도관은 손환에게 접근하거나 하지 않았다. 숙소 양 모서리에 자리를 지키고 선 채 평소에 순하기로 소문난 손환이 조순우의 코앞까지 다가가는 걸 막지 않았다.

손환이 자신이 서 있는 곳 바로 앞에 멈춰 서자 그제야 조순우도 고개를 들어 손환을 바라봤다. 손환과 눈을 마주했다. 무표정했다. 어떤 감정도 남아 있지 않고 휘발된 느낌을 주는 눈빛에는 무생물을 닮은 창백함이 서려 있었다. 살아 있는 사람의 것으로는 느껴지지 않았다. 낯설었다.

조순우가 어색하게 웃어 보였다. 아주 잠시지만 둘 사이에 아무 말도 오가지 않는 침묵이 형성되었기 때문이다. 조순우는 그 침묵을 견디기 힘들었다. 그래서 어색함을 잊기 위해 더없이 어색한 미소를 지어 보였다.

그때였다.

—이게 뭐하는 짓이야!

원장이 소리쳤다. 조순우는 바로 직전에 무슨 일이 일어났는지 알 수 없었다. 단지 왼쪽 볼에 이물감이 느껴지는 것과 방금 전 손환의 입이 꿈틀거린 것, 자신이 잠시지만 눈을 감았다 열었다는 느낌만이 전부였다.

교도관이 손환에게 다가왔다. 조순우의 얼굴에 침을 뱉은 손환의 두 팔을 서둘러 뒤로 잡아끌었다. 교도관의 완력으로 손환의 몸이 조순우로부터 한 걸음 물러났다.

─괜찮아? 이걸로 닦아.

원장으로부터 손수건을 받았지만 조순우는 그것을 자신의 얼굴에 가져가지 않았다. 다만 자신의 얼굴에 침을 뱉은 손환의 얼굴을 물끄러미 바라보기만 했다. 더 정확하게는 눈이었다. 자신을 바라보는 손환의 눈.

이상했다. 상대의 얼굴에 침을 뱉었는데도 손환의 눈엔 아무 감정도 실려 있지 않은 것처럼 보였다. 분노도, 증오도, 울화도, 놀라움도, 두려움도 없었다. 저 눈빛. 눈빛…… 조순우의 머릿속에선 독백처럼 '눈빛'이란 한 단어가 맴돌았다.

한 걸음 물러선 손환이 말문을 열었다. 다소 떨리는, 더없이 낮게 가라앉은 목소리였다.

─감사합니다.

감사합니다? 무슨 뜻일까. 여전히 조순우는 영문을 알지 못했다. 손환의 느닷없는 행동에 대한 어떤 이해도 불가능했다. 그런 조순우에게 한 걸음 물러선 손환이 종이를 건넸다. 얼핏 내려다보는 것만으로도 낙서로 가득한 구겨진 종이 안에 무엇이 그려져 있는지 조순우는 쉽게 짐작했다. 붉고, 붉은, 검붉은 선으로 덧칠되고 덧씌워진 그것. 산이었을 것이다. 구겨진 종이를 건네받은 조순우에게 손환이 말했다. 귀를 기울여 듣지 않으면 알아듣기 어려울 정도의 낮은 목소리였다.

ㅡ죽여줘서.

ㅡ…….

ㅡ죽여줘서 감사합니다.

ㅡ…….

ㅡ감사합니다.

손환은 '감사하다'는 말을 반복했다. 그 말을 반복하면서 자신의 자리로 돌아갔다. 자리에 돌아간 후에도 조순우를 바라보는 시선은 여전했다. 지독했다. 지독히도 냉정하고, 지독히도 객관적이었다. 조순우는 차츰 그 눈빛의 기원을 이해하기 시작했다. 조리 있게 설명될 수 있는 것도, 명확한 증거가 있는 것도 아니지만 눈빛의 기원에 대해 조순우는 확신할 수 있었다. 그날, 그때, 자신을 내내 바라본다는 느낌, 지금 조순우는 손환의 눈빛을 보며 그 불길함의 기원을 확신하게 되었다. 그 확신이 조순우로 하여금 얼굴에 묻은 침을, 그 집요한 경멸을 지워내지 못하게 했다. 이 흔적이야말로 조순우에겐 지울 수 없는, 은폐되지 않는 주홍글씨였다.

8

화장실 쪽창을 벌컥 열어젖혔다. 임대 아파트 화장실 문밖으로 보이는 건 복도식 아파트 전경이었지만 주월우가 살고 있는 1층 1204호는 달랐다. 화장실 쪽창을 열면 바로 창고가 보였다. 층마다 공공 비품들을 가득 쌓아놓는 창고. 한 평 남짓한 창고는 높은 천장과 함께 엄청난 양의 비품들이 쌓여 있었다. 임대 아파트 주민들이 하나둘씩 주워 모은 재활용 가전제품들, 복지재단에서 기증한 아이들 옷가지와 보급용 휴지, 녹슨 철물들까지. 말그대로 그곳은 창고였다.

어린아이 얼굴이 간신히 들고 나갈 정도의 쪽문을 열어젖힌 조순우가 매섭게 상하 좌우로 눈알을 굴리며 창고 안을 들여다봤다. 느낌이 좋지 않았다. 누군가 내내 화장실 쪽창 틈새로 자신을 내려다보고 있다는 느낌을 받았다. 자신을 감시하는 것 같은 불길하고 찝찝한 느낌은 오늘이 처음이다. 하필이면 오늘, 크리스마스 캐럴이 1204호 전체에 요란하게 울려 퍼지는 크리스마스이브에 이런 빌어먹을 느낌이라니.

조순우는 화장실 너머 창고에서 사람의 흔적을 발견하지 못했다. 작심하고 창고 문을 열고 뒤지지 않는 이상 재활용품들이 한가득 쌓인 창고 안에 무엇이 어떻게 숨어 있는지 확인하기는 어려웠다.

창을 닫은 조순우가 잠시 생각했다. 바지를 벗은 조순우가 비좁은 화장실 욕실 위에 서 있는 모습을 역시 바지를 벗은 주월우가 올려다봤다. 말없이 올려다보던 주월우가 조순우와 눈이 마주치자 활짝 웃어 보였다. 기분이 좋을 때 웃는 웃음이 아니었다. 그 사실을 알기에 조순우는 기분이 좋지 않았다.

주월우의 웃음은 감정이 담겨 있는 웃음과는 거리가 멀었다. 처음부터 끝까지 주월우는 웃었다. 편의점 점주가 그렇게 하라고 시켰기 때문이라고 말하며, 편의점에서 알바하지 않는 시간조차도 주월우는 사람과 마주치기만 하면 웃기부터 했다.

조순우의 이마와 코에 땀이 맺혔다. 추운 날씨였지만 냉기가 느껴지는 벗은 하체와는 달리 조순우의 코에는 빨간 딸기코가 씌워져 있었고, 턱엔 하얀 턱수염을 붙이고 머리에는 붉은색 산타 모자를 눌러썼다. 때문인지 이마와 코, 볼에 식은땀 비슷한 것이 송골송골 맺혔다. 땀을 흘리던 조순우가 열린 화장실 문 너머로 한눈에 들어오는 거실을 바라봤다. TV에선 〈아침마당〉이 방영되고 있었고 할머니가 TV 쪽으로 고개 돌려 누워 있었다. 조순우, 주월우 모두 할머니가 한번 TV 쪽으로 돌아누우면 반나절이 지나도록 꼼짝하지 않는다는 사실을 잘 알고 있다. 매주 수요일마다 임대 아파트 결손가정 자원봉사를 한 주도 거르지 않고 나온 조순우가 그 사실을 모를 리 없다.

'그냥 갈까.' 문득 그런 생각이 들었다. 조순우의 시선은 화장실 바닥에 떨어진 산타 할아버지 바지와 자신의 팬티를 바라보게 했다. 주월우의 오래되어 해진 팬티와 함께 뒤엉켜 있는 자신의 팬티를 바라보며, 기분이 이상하고 해서 오늘은 그냥 접을까, 하는 생각도 들었다. 화장실 창문 틈새로 누군가의 시선이 느껴지는 불길한 기분도 조순우의 행동을 망설이게 했다. 무엇보다 죄책감도 일었다. 시작도 하기 전인데, 주월우의 항문 사이가 심하게 헐어 있었다. 언제나처럼 잔뜩 크림을 발랐는데, 주월우의 유난히 하얀 엉덩이와 사타구니는 자신의 성기에 민감하게 반응했다. 예수님 탄생 전날인 크리스마스이브 아침인 지금은 더욱 그랬다. 그래서 측은한 마음도 들었다. '수요일마다 내가 이 아이한테 무슨 짓을 하는 거야.' '이게 무슨 자원봉사야.' 행위를 할 때조차도 죄책감은 늘 무거운 짐처럼 조순우를 짓눌렀다.

그렇지만 어느 순간 조순우는 다시 두 팔로 화장실 벽을 짚고 서 있는 주월우, 자신을 보며 억지웃음을 지어 보이는 녀석의 항문 속으로 손가락을 밀어 넣고 있었다. 주월우의 나지막한 비명 소리가 터져 나올 즈음엔 부드럽게 녀석의 입을 틀어막았다.

이성도, 죄책감도, 교육자로서의 양심도, 청소년을 향한 쉼 없는 관심과 연민도, 주월우의 엉덩이, 주월우의 어눌한 말투, 주월우의 아담한 발가락들을 보자마자 깡그리 사라져버렸다. 정신은 또렷하지만 몸은, 지독한 충동에 중독된 조순우의 몸은 어느새 별다른 저항도 하지 않고, 아파하면서도 여전히 자신을 따르는, 다른 게이들처럼 돈을 요구하거나 특별한 사랑을 요구하지도 않는 주월우의 마냥 배시시 웃음 짓기만 하는 몸속 깊이 빨려들고 있었다. 모든 신경이 주월우의 하얗고 부드러운 항문에 집중되었다. 철저한 충동의 노예가 된 조순우가 흰 턱수염과 빨간 딸기코를 주월우의 엉덩이와 사타구니 사이에 거칠게 비벼대며 녀석에게 말했다. 숨을 내쉬며 명령했다.

─노래 불러.

─무…… 무슨 노래요?

─크리스마스 캐럴.

─크…… 크게 불러도 돼요?

─물론, 크게 부를수록 좋아.

─예…… 예…… 부를게요…… 부를게요…… 선생님…… 우
리 선생님.

─그래. 착한 월우. 말 잘 듣는 우리 월우.

─차…… 창밖을 보라. 창밖을 보라…… 흰 눈이 내린다.

─옳지. 잘한다.

─창밖을 보라. 창밖을 보라. 한겨울이 왔다.

─그렇지.

─차…… 창밖을 보라. 창밖을 보라.

─…….

─창밖을 보라. 창밖을 보라.

─…….

─창밖을 보라.

─…….

* 소설 『크리스마스 캐럴』의 주무대인 소년원, 교정 교사, 상담 교사, 기술교육, 보호관찰 등급
등의 용어는 소설적 분위기와 상황에 맞게 변용한 것입니다. 따라서 오늘의 청소년 범죄자들의
교정, 교화를 담당하는 실제 기관명과 운영 방식, 직책과 차이가 있음을 밝힙니다.

작가의 말

　우리 사회에서 폭력은 미로처럼 혼란스러우면서도 견고한 아집의 성을 쌓아올리고 있습니다. 특별히 그것이 무늬뿐인 가부장제에 연루된 남성성으로 무장되고 악다구니로 들끓는 권력의 욕구가 전제될 경우 그 잔혹함은 극한으로 증폭됨을 피할 수 없다고 생각합니다.

　명실상부 오늘의 한국사회는 물리적이든 정신적이든 모든 국면에서 폭력에 무방비로 노출되어 있습니다. 또한 그 폭력이 가장 노골적으로 속물화된 곳은 속칭 인간의 계도와 교화란 명분으로 덧씌워진 학교란 이름을 가진 모든 곳인 것 같습니다. 사람다운 사람을 만들기 위해, 사람답게 살기 위해 우리는 학교에 가고, 학교에 보내지만 그곳에서 학습되는 건 더 크고 견고한, 합리의 이름으로 회칠한 계급의 탈을 쓰기 위해 세공된 폭력뿐입니다.

　때문에 이 비틀린 폭력에 대한 고발은 폭력제조공장에서 오발된 폭도의 숙명과 함께일 수밖에 없습니다. 사회라는 이름의 학교, 그 학교로부터 이탈된, 추방된 열외들이 쏟아내는 폭력의 도가니 속에서 우리들은 어느새 괴물이 되어 있는 우리 자신, 우리 사회의 실체와 조우하게 됩니다.

희생하고 희생당하고, 억압하고 억압당하고, 오직 양자 간 택일을 강요하는 폭력의 문법 속에서 질식하는 건 우리들, 그 일그러진 자화상이 아닐까요. 그 자화상에 대한 거칠고 낯설지만 그럼에도 강렬함으로 잔류하는 우울한 소묘가 여러분에게 낯 붉히며 소개하는 소설이 그려내는 세계의 전부입니다.

하지만 지금 저는 묻고 싶습니다. 이 황막한 세계의 한구석을 그려내는 작업, 이를 통해 고통의 한복판을 걷는 이들에게 폭력의 속살, 야만의 환부를 탄핵하는 것이 무슨 의미가 있을지. 매번 되풀이되는 질문이며 답 또한 묘연하기만 하지만 여전히 질문을 중단할 수 없는 수습 불가한 유예가 이 이야기를 지탱해주는 유일한 버팀목이었음을 고백하는 건 값싼 소회에 불과한 것일까요. 모를 일입니다.

원고의 출간을 흔쾌히 허락해주신 자음과모음에 머리 숙여 감사드립니다.

2016년 겨울
주원규

크리스마스 캐럴

ⓒ 주원규, 2016

초판 1쇄 발행일 2016년 12월 20일
초판 2쇄 발행일 2023년 1월 1일

지은이   주원규
펴낸이   정은영
펴낸곳   (주)자음과모음

출판등록 2001년 11월 28일 제2001-000259호
주소   10881 경기도 파주시 회동길 325-20
전화   편집부 (02)324-2347, 경영지원부 (02)325-6047
팩스   편집부 (02)324-2348, 경영지원부 (02)2648-1311
이메일   munhak@jamobook.com

ISBN 978-89-544-3701-1 (03810)